Titolo	Murdo en la parko
Aŭtoro	Julian Modest
Provlegis	Yves Nevelsteen kaj Lode Van de Velde
Kovrilbildo	Lode Van de Velde
Eldonjaro	2018
ISBN	978-0-244-96555-6

JULIAN MODEST

MURDO EN LA PARKO

Krimromano, originale verkita en Esperanto

1.

Vesperiĝis. La mallarĝaj stratoj, inter la multetaĝaj domoj en la granda loĝkvartalo, estis silentaj kaj senhomaj. Nur de tempo al tempo videblis iu, kiu rapide preterpasis. La stratlampoj lumigis la ĉirkaŭaĵon per citronkolora lumo. Blovis malforta vento kaj baldaŭ ekpluvos. Aŭtune la pluvoj estas oftaj kaj komenciĝas subite.

Maria descendis el la tramo kaj ekiris al la sepetaĝa domo, kiu troviĝis je ducent metroj de la tramhaltejo. Ŝi rapidis reveni hejmen, kie jam atendis ŝin la edzo kaj la filineto Keti. Kamen, la edzo de Maria, ĉiutage pli frue revenis hejmen kaj kutime li venigis Keti el la infanĝardeno kaj hejme ambaŭ atendis Maria-n reveni el la laborejo. Maria estis ĵurnalistino en la granda ĉefurba tagĵurnalo "Telegrafo" kaj ofte malfrue vespere revenis hejmen. Kiam estis gravaj politikaj eventoj, la ĵurnalistoj devis aperigi la informojn en la ĵurnalo kaj tial ili pli da tempo restis en la redaktejo.

Hodiaŭ vespere Maria ne malfruis. Estis la dek-oka kaj duono, kiam ŝi eliris el la redaktejo. Ĉe la tramhaltejo sur placo "Libereco" ŝi eniris la tramon kaj descendis ĉe la loĝkvartalo "Lazuro", kie ŝi loĝis. Trankvile ŝi ekiris sur la trotuaron. En tiu ĉi-vespera horo, post la sepa, preskaŭ ne estis homoj sur la stratoj en la loĝkvartalo. Maria paŝis trankvile, ne tre rapide. Antaŭ la sepetaĝa domo, en kiu ŝi loĝis, estis parko kun infanludiloj: balancilo, lulilo, glitilo, kaj Maria devis trapasi ĝin. Dum la ripozaj tagoj ŝi kutimis veni ĉi tien kun Keti.

Dekstre, ĉe la parkaleo, kreskis arbustoj kaj granda maljuna salikarbo. Kiam Maria proksimiĝis al la arbo, malantaŭ ĝi elpaŝis viro kaj ekstaris antaŭ Maria. En la unua momento, je la malforta strata lumo, ŝi ne tre bone alrigardis lin, nur rimarkis, ke li ne estas tre alta, vestita en pluvmantelo kun nigra rondĉapelo, kiu kaŝis liajn okulojn. Tamen la viro neatendite levis sian dekstran manon kaj en ĝi ekbrilis pistolo. Subkonscie Maria eksentis, ke tuj okazos io terura. Ŝi eĉ ne sukcesis palpebrumi, kiam el la pistoltubeto aperis eta ruĝa flamo kiel serpenta lango kaj aŭdiĝis obtuza pafo. Akra doloro trancîs la bruston de Maria kaj ŝi falis sur la asfaltitan aleon. La ulo faris du paŝojn al ŝi, pafis al ŝia kapo kaj rapide malaperis. La pafmurdita korpo de Maria restis sur la parkaleo. Fulmo disŝiris la nubojn, aŭdiĝis tondro kaj torente ekpluvis.

Kamen maltrankvile rigardis la horloĝon, kies montriloj jam estis sur oka kaj duono. Maria ne revenis kaj li ne komprenis kio okazis al ŝi. Kutime kiam ŝi devis resti plu en la redaktejo, ŝi telefonis kaj sciigis al Kamen, ke malfruos, sed hodiaŭ ne telefonis. La minutoj pasis kaj Kamen iĝis pli kaj pli maltrankvila. Li komencis antaŭsenti, ke verŝajne io malbona okazis, sed li provis forpeli tiun ĉi supozon kaj trankviligi sin. "Ja, meditis li, certe hodiaŭ ŝi havas multe da laboro, aŭ povas esti, ke iu kolegino petis Maria-n deĵori anstataŭ ŝi."
Tamen pasis ankoraŭ duonhoro kaj Maria ne revenis, nek telefonis. Eĉ Keti maltrankviliĝis kaj komencis ofte-oftege demandi:

-Paĉjo, kiam revenos panjo? Mi jam estas dormema.

-Kara, tuj ŝi revenos, sed mi kuŝigos vin en la liton kaj morgaŭ matene, kiam vi vekiĝos, vi diros al panjo "bonan matenon" kaj kisos ŝin.

Finfine Kamen ne povis plu atendi kaj prenis la poŝtelefonon. Li ne deziris ĝeni Maria-n, sed decidis nur demandi ŝin ĉu ŝi ankoraŭ restos en la redaktejo. Aŭdiĝis la konata signalo "tu-tu-tu", sed Maria ne funkciigis la telefonon. Tio ege konfuzis Kamen-on. "Ĉu ŝi metis la telefonaparaton ie kaj ne aŭdas ĝian sonoron, demandis li sin." Plurfoje li telefonis, sed vane. Neniu respondis, nek Maria, nek iu alia. Kamen decidis telefoni al la redaktejo, funkciigis la telefonon kaj aŭdis la voĉon de Neli, kolegino de Maria, kiun li bone konis.

-Saluton Neli – diris Kamen. – Ĉu Maria estas en la redaktejo?

-Saluton – respondis Neli. – Ĉi-vespere mi estas deĵoranto...

Kelkajn sekundojn Neli silentis, verŝajne streĉe cerbumis kion respondi al Kamen. "Eble Maria avertis lin, ke ĉi-vespere restos en la redaktejo, meditis Neli kaj ne sciis kion diri al Kamen." Neli ne deziris kompromiti sian koleginon kaj amikinon, tamen Kamen insistis eksaii kio okazis kaj lia voĉo estis ege maltrankvila. Finfine Neli decidis esti sincera kaj diris:

-Maria foriris jam je la dek-oka kaj duono.

-Dankon Neli, - diris Kamen kaj ĉesigis la konversacion.

Perpleksita li ekstaris en la mezo de la ĉambro. "Kion mi entreprenu, meditis li?"

La gepatroj de Maria loĝis en alia kvartalo kaj povas esti, ke post la fino de la labortago Maria iris al ili. Kamen certis, ke se Maria iris viziti la gepatrojn, ŝi ne restos tiom da tempo ĉe ili. Ja, hejme atendas ŝin Keti kaj Kamen. Tamen li telefonis al la gepatroj de Maria.

-Ne – diris la bopatrino. - Hodiaŭ Maria ne estis ĉe ni. Ĉu okazis io malbona?

Kiel ĉiu patrino, same ŝi tuj maltrankviliĝis. La patrinoj kutime opinias, ke ĉiam io malbona povas okazi al iliaj idoj.

-Ne – provis trankviligi ŝin Kamen. – Verŝajne Maria gastas al amikino kaj iom pli malfrue revenos hejmen – diris li, sed li mem iĝis pli maltrankvila, pli embarasita kaj jam tute ne sciis kion supozi.

Maria ne estis en la redaktejo, ne estis ĉe la gepatroj. Daŭre ŝi ne telefonis, sed Kamen ne deziris kredi, ke Maria estas kun amanto, malgraŭ ke tiu ĉi supozo komencis kiel abomena rato rodi lian animon.

Ĉe li, sur la kanapo, antaŭ la televidilo, Keti jam dormis. Kamen atente ĉirkaŭbrakis, levis ŝin, portis en la infanĉambron kaj kuŝigis ŝin en la liton.

-Bonan nokton, kara, – flustris li. – Morgaŭ matene, kiam vi vekiĝos, vi kisos panjon.

Li prenis el la komodo la dormkovrilon kaj kovris Ketin, poste estingis la lampon en la infanĉambro kaj silente eliris.

En la kuirejo Kamen sidiĝis ĉe la manĝotablo, obsedita de turmentaj pensoj kaj supozoj. Kio okazis? - demandis li sin. Ĉu katastrofo, ĉu amrendevuo, ĉu io pli terura? Sur la tablo, antaŭ li, estis la poŝtelefono. Li gapis ĝin kaj esperis, ke subite ĝi eksonoros, sed la telefono mutis. Tomba silento regis en la kuirejo kaj al Kamen ŝajnis, ke se li daŭrigos tiel senmove sidi ĉe la tablo, certe freneziĝos. Li ne kuraĝis eliri el la loĝejo, ĉar Keti restos sola kaj se hazarde ŝi vekiĝos, ege timiĝos. Pro la forta streĉeco kaj maltrankvilo, lia kapo terure doloris. Kelkfoje li stariĝis kaj nervoze paŝis tien-reen kiel arestito en malvasta ĉelo.

Ekstere komencis mateniĝi. Iom post iom la nokta obskuro malaperis kaj la forta pluvo ĉesis. Kamen estis kiel ŝtonigita. Li devis veki Keti kaj pretigi ŝin por la infanĝardeno, sed ne havis fortojn moviĝi.

2.

Serĝento Eftim Mikov ŝatis sian laboron. Jam, kiam li estis knabo, li revis iĝi policano. Nun li ne bone memoris kio en la infaneco logis lin esti policano, ĉu la uniformo, ĉu la pistolo, kiun ĉiu policano havis, aŭ eble la respekto al la policanoj. Kiam Eftim estis en la baza lernejo, al la instruistoj kaj al siaj samklasanoj li ĉiam diris: "Mi iĝos policano." Liaj gepatroj ridetis, ĉar opiniis, ke tio estas infana inklino, sed Eftim vere iĝis policano. Post la fino de la gimnazio li komencis studi en la altlernejo por policanoj kaj estis unu el la perfektaj studentoj. Kiam Mikov eklaboris ĉe la polico, liaj ĉefoj tuj rimarkis, ke li estas diligenta, sperta, strikte plenumis ĉiujn ordonojn kaj ĉiam tre atente analizis la komplikajn kazojn. Mikov laboris en la plej respondeca fako – krimo, kie oni devis esplori la kialojn de la murdoj kaj trovi la murdistojn.

Hema, la edzino de Eftim, ne ŝatis lian laboron kaj en la unuaj jaroj post la geedziĝo, ŝi ofte diris al li, ke estus pli bone, se li ŝanĝus sian laboron, tamen poste ŝi rimarkis, ke Eftim estas romantikeca kaj en sia laboro li trovas ĝuste la romantikecon.

Ĉi-nokte Mikov estis dejoranto en la policejo. Frumatene viro telefonis, ke en kvartalo "Lazuro" okazis murdo. La viro diris, ke irante al la laborejo, en la parko, tra kiu kutime li pasas, vidis murditan virinon. Kiam komisaro Silikov venis en la policejon, Mikov tuj informis lin, renkontante la komisaron ĉe la pordo de la policejo.

-Bonan matenon, sinjoro komisaro.
-Bonan matenon. Ĉu estas novaĵoj? – demandis Silikov.
-Jes – respondis Mikov. - Estas murdita juna virino.
-Kie?
-En loĝkvartalo "Lazuro".
-Kiam?
-Ĉi-nokte – diris Mikov.
-Kiu trovis ŝin?
-Iu viro telefonis. La murdo okazis en parko antaŭ la sepetaĝa domo 40. La viro telefonis al ni.
-Ĉu la esplorgrupo jam estas tie? – demandis Silikov.
-Jes. Ili atendas vin.
-Bone. Tuj ni iros. Voku Ivan, la ŝoforon.

Mikov elprenis sian poŝtelefonon kaj telefonis al la ŝoforo. Post kelkaj minutoj la aŭto estis antaŭ la policejo. Silikov kaj Mikov eniris ĝin kaj ekveturis al loĝkvartalo "Lazuro".

Malgranda parko kun kelkaj infanludiloj, tri benkoj, du arboj – maljuna saliko kaj kaŝtanarbo, arbustoj. La korpo de la murdita virino troviĝis proksime al la salikarbo.

Silikov proksimiĝis al la arbo. La policanoj, kiuj staris ĉirkaŭe salutis la komisaron. Silikov alrigardis unu el ili kaj demandis:

-Kion vi konstatis, serĝento Kalev?

Serĝento Kalev, tridek-kvin-jara, svelta, forta junulo kun helbluaj okuloj turnis sin al la komisaro kaj ekparolis:

-La viktimo estas tridek-jara, nomiĝas Maria Kirilova, loĝas en la domo, kontraŭ la parko, numero 40, enirejo 2, etaĝo 5. La murdisto certe kaŝis sin malantaŭ la salikarbo kaj kiam ŝi proksimiĝis, li pafis. La distanco inter li kaj ŝi estis nur unu metro kaj duono. La unua kuglo trafis la bruston de la virino. La dua kuglo estis pafita en la kapon.

Silikov klinis sin kaj esploris la korpon de Maria.

-Bela ŝi estis – diris li.

La kuglo trafis la dekstran okulon kaj ŝia longa nigra hararo estis sanga. La helverda pluvmantelo, kiun ŝi surhavis, estis malbutonumita kaj videblis ruĝa robo, iom mallonga, kiu malkovris belajn krurojn en elegantaj nigraj ŝuoj kun kalkanumoj.

-La murdisto surprizis ŝin kaj ŝi ne povis reagi – diris Silikov.

-Jes – kapjesis serĝento Kalev.

-La celo ne estis perforti ŝin, nek pirabi. Li pafis kaj forkuris – daŭrigis la komisaro. – Nun nia tasko estas kompreni kial li mortpafis ŝin kaj trovi lin. Ĉu vi informis ŝiajn parencojn? Certe ŝi havas gepatrojn, edzon… – demandis Silikov.

-Ne. Ni atendis vin. En la mansaketo estas ŝiaj persona legitimilo kaj ĵurnalista karto. De la legitimilo ni eksciis kie ŝi loĝas, de la ĵurnalista karto - kie ŝi laboras – ĉe la tagĵurnalo "Telegrafo" – klarigis serĝento Kalev.

-Bone. Kalev kaj Mikov iru en la loĝejon informi ŝiajn parencojn pri la tragedio – ordonis Silikov. – Poste mi parolos kun ili.

-Jes – unuvoĉe respondis Mikov kaj Kalev.

Silikov turnis sin al la aliaj policanoj.

-Vi scias viajn taskojn. Konstatu per kia pistolo estis mortpafita kaj analizu la spurojn. Bedaŭrinde, ke hieraŭ nokte tre forte pluvis kaj verŝajne ne estas spuroj. Faru liston kun la nomoj de ĉiuj ŝiaj konatoj, gekolegoj, parencoj... Mi pridemandos ilin.

Silikov vokis Ivan, la ŝoforon, eniris la aŭton kaj ekveturis al la policejo. Dum la veturado li silentis, rigardante la stratojn, la domojn, preter kiuj pasis la aŭtoj. Kvardek-kvinjara, dum sia dudek-jara laboro en la krimpolico li vidis multajn murdojn, serĉis kaj trovis la murdistojn. Plurajn el la murdistoj li sukcesis trovi kaj sendi en la malliberejon, sed estis kelkaj, kiujn li ne trovis kaj tio ankoraŭ turmentis lin. Nun Silikov kvazaŭ ankoraŭ vidis la murditan Maria-n, ŝian blankan teneran vizaĝon, la etajn lipojn, iom malfermitajn. Ŝajne antaŭ la ekpafo de la pistolo ŝi provis ekkrii. Ŝiaj delikataj brovoj similis al etaj lunarkoj. La traborita dekstra okulo estis terura.

Kio igis la murdiston mortpafi ŝin? Ĉu temas pri ĵaluzo, pri pasia nereciproka amo aŭ pri io, kion malfacile oni divenos? Tiuj ĉi demandoj okupis la meditojn de Silikov, simile al impertinentaj rabobirdoj, kiuj atakas lin.

La aŭto haltis antaŭ la policejo, Silikov eliris kaj direktiĝis al sia kabineto.

3.

La serĝentoj Kalev kaj Mikov eniris en la sepetaĝan domon, numeron 40 kaj per la lifto supreniris al la kvina etaĝo, kie estis apartamento 25, en kiu loĝis Maria. Kalev sonoris ĉe la pordo. Post sekundoj la pordo malfermiĝis kaj antaŭ ili ekstaris Kamen.

-Bonan matenon – salutis Kalev.

Per larĝe malfermitaj okuloj, esprimantaj teruron kaj timon Kamen alrigardis la policanojn.

-Kio okazis? – kridolore demandis li.

-Bonvolu permesi, ke ni eniru – petis Kalev.

Kamen senvorte pli larĝe malfermis la pordon kaj Kalev kaj Mikov iris enen.

-Venu en la kuirejon – murmuris perpleksa li – la filineto ankoraŭ dormas.

Ili eniris la kuirejon.

-Bonvolu sidiĝi – preskaŭ ordonis Kalev al Kamen.

Kamen malrapide sidiĝis ĉe la tablo, rigardante streĉe la policanojn.

Mikov kaj Kalev staris kontraŭ li. Malrapide Kalev ekparolis:

-Ĉu vi estas la edzo de Maria Kirilova?

-Kio okazis al ŝi? – eksaltis Kamen de la seĝo. Lia vizaĝo blankis kiel kreto kaj liaj manoj tremis kiel folioj, lulitaj de forta vento. Li fermis okulojn kaj ŝanceliĝis.

-Ĉi-nokte iu murdis ŝin... – malrapide funebrovoĉe diris Kalev.

Kamen sidiĝis sur la seĝon, kvazaŭ iu forhakis lin kaj dolore li ekkriis:

-Ĉu!

-Jes – kapjesis Mikov.

-Kiu murdis ŝin? – alrigardis ilin terure li.

-Ni ankoraŭ ne scias...

-Kie?

-Antaŭ via domo, en la parko kun la infanludiloj – klarigis Mikov.

Kamen klinis kapon kaj senvoĉe ekploris. Estis turmente rigardi la ploradon de tridek-tri-jara viro. Varmaj larmoj fluis sur liajn nerazitajn vangojn kaj li singultis kiel senhelpa knabo.

-Akceptu niajn sincerajn kondolencojn – diris Kalev. – Ni profunde bedaŭras, sed ni devas starigi al vi kelkajn demandojn.

Kamen levis kapon. En liaj nigraj okuloj, similaj al du obskuraj truoj, videblis dolora tristo kaj senlima despero. Lia

pala vizaĝo similis al marmora plato kaj humida tufo de lia ŝvita densa hararo falis sur la frunton.
　　-Ĉu Maria konfliktis kun iu? Ĉu iu minacis ŝin? – demandis Kalev.
　　-Ne! - respondis mallaŭte Kamen. – Ŝi estis tre bona edzino kaj patrino. Ŝin amis ĉiuj gekolegoj, amikinoj, parencoj… Ĉiam ŝi estis ridetanta, helpis la homojn, estis kara, afabla… - kaj Kamen denove ekploris senvoĉe. – Nun, kion mi faru – diris li. – Nia filineto, Keti, restis sen patrino…
　　-Kiom-jara estas la filino? – demandis Mikov.
　　-Nur kvin-jara – respondis Kamen. – Ŝi frekventas infanĝardenon.
　　-Ĉu hieraŭ vespere Maria telefonis al vi? – demandis Kalev.
　　-Ŝi ne telefonis – respondis li. – Mi tutan nokton atendis ŝin. Mi estis certa, ke ŝi telefonos.
　　-Mi petas vian telefonnumeron – diris Kalev. – Ni telefonos al vi kaj diros kiam vi povos transpreni la korpon por la entombigo.
　　Kamen diktis la telefonnumeron kaj Kalev skribis ĝin en eta notlibreto.
　　-Ni foriros – diris Kalev.
　　Li kaj Mikov forlasis la loĝejon.
　　Kamen restis sidanta ĉe la kuireja tablo. "Maria, flustris li, kial tiel subite vi forlasis min, kiu estas tiu monstro, kiu murdis vin kaj kial? Neniun vi ofendis, al neniu eĉ malbonan vorton vi diris. Vi estis tiel kara, nobla… Ĉu ekzistas alia virino kiel vi kaj ĉu mi estis bona edzo? Tre malofte mi diris, ke mi amas vin. Ĉu vi sentis, ke mi amas vin? Sen vi mi ne povas vivi. Bedaŭrinde nun mi komprenas kiom multe mi deziris diri al vi kaj mi ne diris. Neniam mi parolis al vi pri miaj sentoj, pri miaj duboj, pri miaj timoj. Neniam mi demandis vin kion vi bezonas, pri kio vi revas, kio ĝojigas vin. Mi deziris, provis ĝojigi vin, sed nun mi tute ne certas ĉu vi vere estis ĝoja, ĉu estis feliĉa?"

Kiel filmo antaŭ liaj okuloj komencis moviĝi epizodoj kaj bildoj el ilia familia vivo. Neniam li forgesos la ekskurson al Hispanio, antaŭ kvin jaroj. Tiam ili ankoraŭ ne estis geedzoj. En hotelo "Azul", en la ripozejo Marina d'Or ili pasigis dek mirindajn majajn tagojn. Belega, suna estis la vetero. Mediteranea Maro, simila al senfina silka tolo, karesis la okulojn. Kamen kaj Maria, starantaj sur la bordo, longe senvorte kontempladis la maran bluon. Bela parko vastiĝis ĉe la mara bordo kun floraj bedoj, verdaj herbejoj. Ili promenadis man'-en-mane kaj ŝajne en tiu ĉi mirakla loko ili estis solaj. Soife kisis unu la alian kaj planis la edziĝfeston, kiu okazos post ilia reveno.

-Mi deziras havi tri infanojn – diris ĝoje Maria.

-Ne tri, sed kvin – korektis ŝin Kamen.

-Unue tri kaj poste eble kvin – ridis ŝi.

La rideto montris ŝiajn blankajn kiel porcelano dentojn kaj briligis ŝiajn nigrajn okulojn.

"Ĉu vere ni estis en Marina d'Or aŭ mi nur sonĝis, demandis sin Kamen." En tiu ĉi momento li deziris revenigi la tempon, kisi Maria-n sur la mediteranea mara bordo, promenadi, pensi pri nenio, esti kiel laro, senzorge fluganta super la ondoj.

Kamen rememoris la tagon, kiam konatiĝis kun Maria. Tiam li estis juna instruisto. Liaj lernantoj partoprenis en internacia matematika konkurso kaj gajnis premiojn. Iliaj matematikaj sukcesoj iĝis famaj kaj en la lernejon venis juna ĵurnalistino por intervjui Kamen-on. La ĵurnalistino estis Maria. Kamen tre bone memoris la momenton, kiam vidis ŝin. Maria havis longajn nigrajn harojn, blankan kiel lakto vizaĝon kaj okulojn, kies rigardo ebriigis lin. Estis printempo kaj ŝi surhavis blankan bluzon kaj verdan jupon. En tiu printempa tago Maria similis al feino, kiu eliris el iu fabelo. Ŝi demandis Kamen-on pri lia instrumetodo, sed li ne povis koncentriĝi kaj respondis supraĵe. Dum la tuta intervjuo Kamen pensis nur pri ŝia beleco kaj ĉarmo kaj kiel proponi al ŝi, ke ili denove renkontiĝu.

-Kiel vi sukcesas tiel bone instrui viajn lernantojn? – demandis Maria.

-Se vi deziras lerni matematikon, mi montros al vi – ŝercis li.

Maria promesis telefoni al li, kiam aperos la ĵurnala numero kun la intervjuo. Post du semajnoj ŝi telefonis kaj proponis, ke ili renkontiĝu kaj ŝi donos la numeron, en kiu estas la intervjuo. La saman tagon ili renkontiĝis en kafejo "Printempo". Tiam ili longe konversaciis pri diversaj temoj. Poste iliaj renkontiĝoj iĝis regulaj.

La pordo de la kuirejo malfermiĝis kaj eniris Keti.

-Paĉjo, - diris ŝi.

-Ho, vi vekiĝis – ĉirkaŭbrakis ŝin Kamen.

-Ĉu ni iros en la infanĝardenon? – demandis la knabino.

-Hodiaŭ vi ne iros – diris li.

-Kial? – mire alrigardis lin ŝi.

Kamen silentis, ne sciis kion diri.

-Kie estas panjo? – demandis Keti.

Li karesis ŝiajn molajn harojn, denove larmoj plenigis liajn okulojn kaj post minuto li ekparolis:

-Ŝi forveturis.

-Kien?

-Tre malproksimen…

-Kien? – denove demandis ŝi.

-Al la anĝeloj – diris li.

La knabino alrigardis lin per larĝe malfermitaj okuloj.

-Ĉu hodiaŭ ŝi revenos?

-Iam ŝi nepre revenos. Nun ni devas iri al la geavoj kaj diri al ili, ke panjo forveturis – diris Kamen.

Li ĉirkaŭbrakis kaj levis ŝin.

4.

La serĝentoj Kalev kaj Mikov paŝis sur la ŝtuparo al la malsupraj etaĝoj.

-Kion vi opinias, ĉu la edzo mem mortpafis ŝin? – demandis Mikov.

Kalev haltis kaj rigardis lin. Post iom da hezito li diris:

-Ĉio estas ebla. Similaj murdoj okazas pro ĵaluzo. Povas esti, ke Maria Kirilova kokris lin kaj li elektis oportunan momenton por murdi ŝin. Ŝi malfruis de la laborejo, estis mallumo, pluvis, ne estis homoj ekstere, li embuskis ŝin kaj pafis. Tamen ni devas pruvi tion. Li surpriziĝis, kiam ni informis lin pri la murdo.

-Iuj estas bonaj aktoroj – diris Mikov. – Verŝajne li atendis nin kaj zorge preparis sian konduton antaŭ ni.

-Mi ne estas certa. Eĉ la plej bona aktoro ne povas tiel reagi – kontraŭdiris Kalev. – Ni demandu iujn najbarojn. Eble iuj aŭdis ion aŭ scias ion pri ilia familio.

Sur la kvara etaĝo Kalev sonoris ĉe la pordo de la apartamento, kiu estis sub la apartamento de Kamen.

Malfermis la pordon maljuna virino, verŝajne pensiulino.

-Bonan tagon – salutis Kalev.

-Bonan tagon. Kio okazis? – time demandis la virino, kiam vidis la policanojn.

-Ni estas serĝentoj Marin Kalev kaj Eftim Mikov – diris Kalev. - Ni deziras starigi al vi kelkajn demandojn.

-Nenion mi scias, pri neniu mi interesiĝas. Mi tute ne okupiĝas pri la najbaroj en la domo – provis eviti la demandojn la virino.

-Tiam ni oficiale vokos vin al la policejo kaj devigos vin respondi al la demandoj – avertis ŝin Mikov.

La virino alrigardis lin malafable kaj sendezire diris:

-Bonvolu.

Ambaŭ policanoj eniris la loĝejon, kiu estis vasta, triĉambra, sed modeste meblita per malnovaj mebloj, verŝajne antaŭ multaj jaroj aĉetitaj. La virino enkondukis ilin en la gastoĉambron kaj montris al ili la kanapon.

-Bonvolu sidiĝi – diris ŝi.

Kalev kaj Mikov sidiĝis sur la kanapon kaj la virino kontraŭ ili – sur seĝon. Ŝi estis ĉirkaŭ sepdek-jara kun frizita blanka hararo, pala sulkigita vizaĝo kaj okuloj, kiuj similis al du marĉetoj kun ŝlimeca akvo.

-Vi konas familion Kirilov, kiu loĝas sur la kvina etaĝo, ĉu ne – komencis Kalev.

-Jes – tuj respondis la virino. – Ili estas bonaj najbaroj. Maria, la edzino, estas ĵurnalistino kaj Kamen, la edzo, instruisto pri matematiko. Kamen helpas mian nepon pri matematiko. Mi havas genepojn. La nepino, Petja, estas bona lernantino, sed la nepo, Kosta, estas iom pigra.

Kiam vidis la policanojn ĉe la pordo, la virino ne emis konversacii, sed nun komencis detale rakonti pri sia tuta familio kaj Kalev rapidis ĉesigi ŝin.

-Ĉu hazarde vi aŭdis kverelojn en ilia loĝejo?

-Tute ne! – denove tuj respondis la virino – Ili estas tre inteligentaj. Neniam mi aŭdis ilin kvereli. Ĉiam en ilia loĝejo regas silento, eĉ la sonon de ilia televidilo mi ne aŭdas, kiam ĝi funkcias.

-Ĉu Maria Kirilova havis malamikojn en la domo? Ĉu iu najbaro aŭ najbarino malamis ŝin? – insiste alrigardis ŝin Kalev.

-Kion vi diras! – indignis la virino. – Ĉiuj genajbaroj estimas ŝin.

La virino riproĉe alrigardis Kalev kaj dum kelkaj sekundoj nenion diris, sed subite verŝajne ion rememoris kaj iom konfidence daŭrigis:

-Kun ŝia bopatrino, Katja, mi estas bona amikino kaj fojfoje Katja plendis, ke Maria tre multe laboras, ofte tre malfrue revenas hejmen, ke ne havas tempon por la dommastraj okupoj kaj Katja devas helpi ŝin. El tiuj ĉi vortoj mi konjektis, ke la bopatrino suspektas, ke eble Maria havas amanton, sed mi certas, ke Maria estas honesta virino. Tamen la bopatrino fieras, ke Maria verkas artikolojn en ĵurnalo.

    -Ĉu vi legis artikolojn, verkitajn de Maria? – demandis Mikov.

    -Mi nenion legas, nek librojn, nek ĵurnalojn. Mi ne havas tempon kaj tute mi ne scias kiajn artikolojn verkas Maria. Mi ne interesiĝas pri politiko.

    Ŝi diris tion kaj denove eksilentis, sed subite ŝi suspekteme alrigardis la serĝentojn kaj iom ruzete demandis:

    -Sed kial tiom multe vi demandas pri Maria?

    -Ĉi-nokte iu pafmurdis ŝin antaŭ la loĝejo – malrapide diris Kalev.

    La virino stuporiĝis. Ŝi alrigardis Kalev per okuloj larĝigitaj pro mirego kaj teruro.

    -Ĉu! – ekflustris ŝi.

    -Jes – diris Mikov.

    Verŝajne la virino ege deziris demandi ankoraŭ ion, sed ne havis forton ekparoli. Ŝia buŝo restis malfermita, kvazaŭ paralizita.

    -Dankon – diris Kalev. – Ni petas pardonon pro la ĝeno, sed ni jam devas foriri.

    Li kaj Mikov ekstaris kaj ekiris al la pordo.

5.

    Torente pluvis. Subitaj blindigaj fulmoj tranĉis la pezajn nubojn kaj surdigaj tondroj skuis la urbon. La malvarma pluvego surverŝiĝis kiel furioza akvofalo. Sur la stratoj ekfluis rapidaj riveretoj. Ie-tie estiĝis marĉetoj, kiuj sub la pala strata lumo aspektis kiel asfaltitaj. Kvazaŭ subite la naturo indignis kaj amare ekploris pri la murdo de Maria.

    Dako rapidis al la aŭto. Liaj rondĉapelo kaj pluvmantelo estis tute malsekaj, sed li ne zorgis pri tio. Li strebis kiom eble pli rapide eniri la aŭton, kiu troviĝis sufiĉe malproksime de la parko, kie li pafmurdis Maria-n.

Ia kontento kaj trankvilo obsedis lin pro bone plenumita tasko. Jam delonge lin ne turmentis konsciencriproĉo. Por Dako murdi iun estis ordinara laboro, kiun li ĉiam plenumis perfekte kaj senprobleme. Ja, por tiu ĉi laboro li ricevis monon. Dum la lastaj kelkaj jaroj Dako konstatis, ke nur tion li povas la plej bone fari aŭ kiel li kutimis diri al si mem, li havis talenton pri tio. "Ja, ĉiu homo havas ian talenton, meditis ironie li, mia talento estas murdi, sed komprenneble mi ne fanfaronas pri ĝi."

Dako divenis tiun ĉi sian talenton antaŭ kelkaj jaroj. Iam, en la lernejo, li estis malbona lernanto, tute ne emis lerni kaj kaŭzis multajn zorgojn al la instruistoj, ne atentis dum la lernohoroj, parolis kun la samklasanoj, replikis la instruistojn dum ili instruis. En interlecionaj paŭzoj li kverelis kun la lernantoj aŭ batis iun. Liaj gepatroj, ordinaraj homoj, ne sciis kiel edifpuni lin kaj estis certaj, ke nenio bona lin atendas estonte. Tamen post la fino de la lernejo Dako iĝis soldato kaj tio trankviligis la gepatrojn, kiuj opiniis, ke en la armeo li alkutimiĝos al disciplino kaj ordo. Tri jarojn Dako soldatservis en Afganio kaj Irako, sed oni maldungis lin pro drinkado. Reveninte el Irako dum monatoj li ne trovis laboron, ne havis monon kaj nenion povis entrepreni. Tiam li renkontis sian samklasanon, bone konata en la subteraj medioj, kiu konatigis lin kun Riko, eksterlandano, kies bando plenumis krimmendojn.

Antaŭ monato Riko telefonis al Dako.

-Ĉi-vespere ni spektos simfonian koncerton. Mi atendos vin je la dek-oka kaj duono je nia kutima loko por doni al vi vian enirbileton – diris Riko.

Tiuj ĉi estis la signalvortoj kaj Dako tuj komprenis pri kio temas. Je la dek-oka kaj duono li estis en la parko en la loĝkvartalo "Progreso". En tiu ĉi vasta parko kutime ne estis multaj homoj. Nun, je la fino de septembro, la parko estis preskaŭ dezerta. Nur ĉe la monumento de la soldatoj, pereintaj en la Dua Mondmilito, videblis du adoleskuloj, verŝajne gimnazianoj, narkotuloj, kiuj kaŝe interŝanĝis narkotaĵon aŭ unu el ili vendis al la alia narkotaĵon. Dako spertis rekoni la narkotulojn. Li tuj senerare rimarkis iliajn febrajn rigardojn, tremantajn fingrojn kaj palajn vizaĝojn kun malhelaj konturoj ĉirkaŭ la okuloj.

Dako sidiĝis sur benkon por atendi Riko-n kaj observis la knabojn. Ili provis kaŝi sin malantaŭ la monumento kaj verŝajne supozis, ke neniu vidas ilin aŭ neniu komprenas kion ili faras. Dako enpensiĝis. Kial oni uzas narktikojn, meditis li. Nur foje li fumis haŝiŝon, sed ĝi ne plaĉis al li. Lia pasio estis la alkoholaĵo kaj li opiniis, ke ĝi estas utila kaj eĉ pli malmultekosta ol la narkotaĵoj. Tamen nuntempe la narkotaĵoj estis vaste distribuataj. Pluraj gejunuloj estis narkotuloj kaj la narkotaĵokomerco bone prosperis. La liveristoj de la narkotaĵoj estis la plej grandaj riĉuloj. Dako supozis, ke anoj de la bando de Riko same negocas per narkotaĵoj, tamen tion oni ne konfesis al li kaj ĝi estis ilia granda sekreto.

Dako elprenis la cigaredskatolon kaj ekfumis. Li bone sciis, ke Riko ĉiam venas dek minutojn pli malfrue. Dako jam konis lian kutimon. Certe de ie Riko atente observis ĉu Dako estas sola kaj ĉu ne estas iu, kiu sekvis lin. Kiam Riko konvinkiĝis, ke Dako venis sola al la rendevuo, tiam en la parko aperis liaj du gardistoj, kiuj bone trarigardis la ĉirkaŭaĵon. Kiam ili konstatis, ke ĉio estas trankvila kaj ne ekzistas minaco, ili iel signis al Riko.

Dako rimarkis la gardistojn de Riko, kiuj kiel ordinaraj homoj trapasis la parkon al du kontraŭaj flankoj kaj post du aŭ tri minutoj aperis Riko mem. Li estis alta, preskaŭ unu metro kaj naŭdek centimetrojn kun larĝa torako kaj ŝtalaj muskoloj, kiuj montris, ke iam li estis fama boksisto. Liaj malstreĉitaj pezaj brakoj iom pli longis kaj la manikoj de lia jako ŝajnis mallongaj. La blonda hararo de Riko similis al seka pajlo kaj liaj bluaj okuloj havis vitrecan malvarman brilon.

Malrapide Riko proksimiĝis al Dako, sidiĝis sur la benkon kaj sen alrigadi lin demandis:
-Ĉu vi fartas bone?
Tio signifis "ĉu hazarde vi ne havas problemojn kun la polico".
-Tre bone – respondis Dako.
Dako ne sciis kiom da jaroj jam Riko loĝas ĉi tie. Li bonege posedis la lingvon, sed nur iom lia prononco montris, ke estas fremdlandano.
-La tasko gravas – diris Riko.
Li donis al Dako modan revuon, kiun Dako komencis trafoliumi kaj en la mezo vidis foton de juna virino, ĉirkaŭ tridek-jara kun longaj nigraj haroj kaj nigraj okuloj.
-Ĉu vi bone vidis ŝin? – demandis Riko.
-Jes – respondis Dako.
-La foto ne devas esti ĉe vi – kaj Riko reprenis la revuon kun la foto. – Estas ĵurnalistino en la tagĵurnalo "Telegrafo" kaj ŝi devas urĝe forvojaĝi – klarigis Riko.
-Kial? – demandis Dako.
-Vi multe demandas – riproĉis lin Riko. – Pasintfoje mi diris al vi forgesi la demandojn.
-Bone – iom ofendite murmuris Dako. – Kiom da mi ricevos?
-La sumo estas la sama kiel pasintfoje – kaj Riko donis al Dako koverton. – Jen la duono, la alian duonon vi ricevos post la forvojaĝo de la ĵurnalistino.
-Bone.
Dako prenis la koverton kaj rapide ŝovis ĝin en la poŝon de la jako.
-Vi havas unu monaton – aldonis Riko, ekstaris kaj malproksimiĝis al la suda parto de la parko, kie sur benko atendis lin unu el la gardistoj.
Dako postrigardis lin. De tiu ĉi momento li devis fari precizan planon por forvojaĝigi la junan ĵurnalistinon.

La sekvan tagon Dako estis antaŭ la redaktejo de "Telegrafo", kiu troviĝis en la centro de la urbo, proksime al banko "Kapitalo". La redaktejo estis en moderna kvaretaĝa konstruaĵo, farita el aluminio kaj vitro. Super la enirejo estis panelo kun surskribo "Telegrafo".

Por ĉiu mortverdikto Dako preparis precizan planon. Same nun li devis bone espiori la kutimojn kaj la vivmanieron de la ĵurnalistino. Por tio li bezonis du aŭ tri semajnojn, dum kiuj devis atente observi ŝin: kiam ŝi venas en la redaktejon, kiam foriras, kie ŝi loĝas, kun kiuj kutimis renkontiĝi, en kiuj vendejoj ŝi aĉetadas, ĉu havas edzon, infanojn aŭ loĝas sola. Tiuj ĉi informoj estis ege necesaj por la plenumo de la verdikto, tamen Dako devis tre diskrete havigi ilin.

Iun matenon, vestita kiel senhejmulo, Dako proksimiĝis al la enirejo de la redaktejo. Tie, sur la trotuaro, staris rubujo kaj li ŝajnigis, ke serĉas ion en ĝi. Dako surhavis longan malpuran, elfrotitan mantelon, malnovajn deformitajn ŝuojn, ĉifitan kaskedon kaj falsan barbon. Ŝajne li gapis la rubujon, sed atente observis kiu eniras aŭ eliras la redaktejon. Estis bone, ke ĝi havis nur unu pordon kaj ĉiuj, kiuj laboris tie, uzis nur tiun ĉi solan pordon.

Kiam Maria venis en la redaktejon, Dako tuj rimarkis ŝin. Li bone memoris ŝian vizaĝon de la foto. Ne tre alta kun tenera korpo, nigrahara, kun okuloj kiel olivoj kaj iom plata nazo, ŝi vere estis bela. Vestita en nigra pantalono kaj blua sporta jako, Maria similis al dudek-jara junulino.

Kelkajn tagojn Dako vagis ĉirkaŭ la redaktejo, sekvis ŝin ĝis la loĝejo kaj jam sciis, ke Maria havas edzon, kiu estas instruisto pri matematiko, kvin-jaran filinon, ke ŝiaj gepatroj loĝas en kvartalo "Renesanco", kiu estas en la suda parto de la urbo. Dako devis nur elekti la tagon por plenumi la taskon.

La rondĉapelo kaj la pluvmantelo jam tro pezis pro la torenta pluvo, kvazaŭ ili estis ne el ŝtofo, sed el plumbo. Dako proksimiĝis al la aŭto "Sitroeno", malfermis la pordon kaj rapide eniris ĝin. Tra la fenestro li atente trarigardis la straton. Neniu sekvis lin. La duonmalluma strato vakis kaj dezertis. La pluvo forte klakis, la pezaj pluvaj gutoj tamburis sur la ladan plafonon de la aŭto kiel mitrala pafado.

  Dako funkciigis la aŭton kaj ekveturis. Li loĝis malproksime de kvartalo "Lazuro", en la rando de la urbo, preskaŭ ĉe la montaro. Tie estis domoj en kortoj kun multaj fruktaj arboj. Dako aĉetis tiun ĉi domon antaŭ kelkaj jaroj, kiam li revenis el Irako. Nur ĉi tie, en la domo, li sentis sin sekura kaj trankvila.

  Li kondukis la aŭton en la garaĝon, fermis la pordon kaj eniris la loĝejon. En la vestiblo li demetis la malsekajn mantelon, ĉapelon, ŝuojn kaj paŝis al la ĉambro, en kiu li kutimis spekti televidon aŭ aŭskulti muzikon. Estis strange, sed li preferis la klasikan muzikon kaj nun li prenis iun diskon, enigis ĝin en la komputilon kaj sidiĝis en unu el la foteloj. Pro la laciĝo li sentis sin kiel el gumo, sen ostoj kaj sen muskoloj. Per fermitaj okuloj Dako aŭskultis la muzikon kaj tute ne deziris scii kiu estas la komponisto kaj kiu orkestro plenumas ĝin. Gravis la melodio, kiu portis lin al alia mondo, al aliaj spacoj.

  Dako ne plu pensis pri la murdo. Li perfekte plenumis sian taskon kaj ne interesiĝis, ke la virino, kiun li mortpafis, havis familion, infanon, gepatrojn. Por li ŝi estis nur ulino, kiu ne devis plu vivi kaj li rezonis, ke tio estas tute nature. Ja, ĉiuj devis morti, iuj pli frue, aliaj pli malfrue. Ŝi finis sian vivon. Dako konsideris sin la sorto aŭ pli ĝuste helpanto de la sorto, kiu plenumas sian laboron. Tio estis lia ĉefa okupo, ludi la rolon de la sorto kaj pro tio li ricevis monon. Sen tiu ĉi mono li ne povis vivi kaj tre bone li sciis, ke iam venos la tago, kiam ankaŭ li, simile al la virino, kiun li mortpafis ĉi-vespere, mortos. Eble iu mortpafos lin aŭ lia koro subite eksplodos. Ĉio estis tre simpla kaj komprenebla kaj tute ne necesis mediti pri tio. Li loĝis sola, ne havis familion, infanojn, tute ne interesiĝis pri siaj gepatroj. Ja, kiam li plenkreskis, eksciis, ke oni adoptis lin kaj li tute ne konis siajn verajn gepatrojn. Li estis sola, neniu funebros lin, ne havis amikojn. La sento amo estis nekonata por li. De tempo al tempo li vizitis bordelon kaj tio sufiĉis por li. Tie oni neniam eksciis lian veran nomon. Ĉiam al la diversaj publikulinoj li diris alian nomon kaj ili ne certis ĉu li estas Aleks, Hari aŭ Miki.

Nesenteble Dako ekdormis, sidante en la fotelo kaj sonĝis, ke estas en Afganio. Islamistoj atakas la flughavenon, kiun li kun la aliaj soldatoj gardas. Dako komencas pafi kaj vidas, ke la atakantoj unu post alia falas mortpafitaj. Li jubilas, ĝojas kaj ne kredas, ke tiel precize li trafas ilin.

6.

La sekvan tagon, post la murdo de Maria, Silikov iris en la domon de ŝiaj gepatroj. Li bone sciis, ke la renkontiĝo kaj la konversacio kun ili estos turmentaj. La murdo de ilia filino estis granda frapo kaj malfacile ili travivos ĝin.

La gepatroj de Maria loĝis en kvinetaĝa domo en kvartalo "Renesanco". Silikov facile trovis la domon, iris al la tria etaĝo kaj sonoris ĉe la pordo de familio Petrov. La fraŭlina nomo de Maria estis Maria Petrova. Pasis minuto. Silikov jam opiniis, ke neniu estas en la domo, kiam la pordo malrapide malfermiĝis kaj ĉe la sojlo ekstaris sesdek-kvin-jara viro. Lia tuta aspekto estis funebra. La viro kvazaŭ ne havis fortojn por stari kaj apogis sin al la pordo. Lia vizaĝo estis pala, grizkolora, liaj okuloj similis al du nigraj makuloj kaj videblis, ke li ploris. Tre mallaŭte, pene li demandis:

-Kiu vi estas?

-Komisaro Pavel Silikov – prezentis sin Silokov. – Bonvolu akcepti miajn sincerajn kaj profundajn kondolencojn, sed mi devas paroli kun vi, ĉar ni devas trovi la murdiston.

-Bonvolu.

Silikov eniris. La viro montris la pordon, kiu gvidis al la gastoĉambro. Silikov enpaŝis la ĉambron kaj ŝajnis al li, ke eniras tombon. La ĉambro estis duonmalluma kaj en ĝi regis profunda prema silento. Ordinaraj mebloj: kafotablo, foteloj, bretaro kun libroj, televidilo, kovrita per nigra tolo. En unu el la fotelo sidis ĉirkaŭ sesdek-du-jara virino, kiu tenis enmane foton de Maria kaj ploris.

-Roza, – diris la viro – la sinjoro estas komisaro, venis paroli kun ni...

Ŝi levis kapon kaj Silikov vidis, ke ŝiaj migdalformaj grandaj okuloj, plenaj je larmoj, estas tre belaj. Nenion ŝi diris. Pro la ĉagreno ŝi ne povis eĉ vorton prononci.

-Bonvolu – la viro invitis Silikov sidiĝi.

Li sidiĝis en fotelon, kiu estis plej proksime al la pordo kaj la viro sidiĝis en alian fotelon.

-Ankoraŭfoje mi petas pardonon pro la ĝeno – komencis Silikov, - sed mia ofica devo estas...

-Ni komprenas – kapjesis la viro.

-Vi estas la patro de Maria, ĉu ne? – demandis Silikov.

-Jes. Mi nomiĝas Stefan Petrov.

-Ĉu vi estas pensiulo, sinjoro Petrov?

-Mi estis kemia inĝeniero, sed de du jaroj mi estas pensiulo.

-Vi tre bone scias, ke por trovi la murdiston, unue ni devas kompreni kio estis lia motivo murdi vian filinon. Devas esti kialo. Tial mi rekte demandos: ĉu iu minacis Maria-n?

-Neniam ŝi menciis pri minaco – respondis la patro.

-Ĉu ŝi kutimis konfesi al vi ŝiajn problemojn en la laborejo, en la familio? – demandis Silikov.

-Jes. Ŝi ĉiam rakontis al ni kio okazas en la redaktejo de la ĵurnalo, en la familio.

La patro kvazaŭ vidis antaŭ si Maria-n, profunde ekspiris kaj daŭrigis:

-Mi eĉ opiniis, ke ofte ŝi rapidis veni ĉi tien por rakonti al ni kia estis la tago. Kun kiu ŝi renkontiĝis, pri kio ili parolis, kian artikolon ŝi verkis. Plej multe ŝi rakontis pri la nepino Keti. Maria amegis Ketin kaj ne povis vivi sen ŝi.

-Ĉu ĉiam ŝi rakontis ĉion al vi? – demandis Silikov.
-Jes. Jam de la infanaĝo.
-Ĉu hazarde ne estis iu, kiu persekutis ŝin. Mi diru malnova amiko. Povas esti, ke antaŭ jaroj ŝi havis amikon kun kiu pro iaj kialoj disiĝis, sed li daŭre sekvis ŝin, ĝenis ŝin?
-Mi bone komprenas kion vi demandas, sed Maria estis tre modesta. Ŝi ne havis multajn koramikojn. Mi kun la edzino scias nur pri unu, kiu amindumis ŝin en la gimnazio kaj poste en al universitato. Lia nomo estis Ljuben Kerelezov.
Silikov tuj alrigardis lin. Tiu ĉi nomo estis konata al Silikov, sed li nenion diris.
-Maria kaj Ljuben estis samklasanoj en la gimnazio kaj poste kune studis ĵurnalistikon – daŭrigis la patro. – Mi deziris, ke Maria estu inĝeniero kiel mi, sed ŝi ege deziris studi ĵurnalistikon. En la gimnazio ŝi tre ŝatis la literaturon kaj verkis belegajn eseojn. Maria amis Ljuben, sed en la universitato li komencis amindumi alian studentinon kaj Maria rompis la rilatojn kun li. Eble ŝi tre dolore travivis tiun ĉi disiĝon, sed plu ŝi ne menciis lian nomon. Poste Maria konatiĝis kun Kamen kaj ili geedziĝis.
-Ĉu ŝi ne havis ian problemon kun Kamen? Ĉu li estis ĵaluza?
-Ili vivis en konkordo – diris la patro. – Laŭ mi ilia familio estis tre bona. Eble fojfoje, kiel en ĉiu familio, inter ili estis etaj miskomprenoj, sed Maria neniam menciis ilin.
-Ĉu iu kolego en la redaktejo ne ĝenis ŝin? – demandis Silikov.
-Pri siaj kolegoj ŝi neniam parolis. Ŝi menciis nur nomojn de koleginoj kun kiuj ŝi laboris. Ekzemple ŝia plej bona amikino kaj kolegino estis Slava Angelova.
-Dankon, sinjoro Petrov – diris Silikov. – Mi vidas, ke vi sincere deziras helpi min, sed la mistero restas. Maria certe ne konis homon, kiu malamis ŝin kaj kiu deziris murdi ŝin.
La patro de Maria dum iom da tempo silentis. Verŝajne li provis ion alian rememori, sed poste diris:

-Se hazarde estis tia homo, Maria certe estos maltrankvila, tamen preskaŭ ĉiam ŝi havis bonan humoron. Neniam ŝi diris, ke timas iun aŭ ion.

-Dankon. Estas klare, ke mi devas serĉi la kialon pri la murdo en alia direkto.

Silikov adiaŭis la gepatrojn de Maria kaj foriris.

7.

Post ĉiu plenumita tasko, Dako kutimis festi, vespermanĝi en la plej luksa restoracio, en hotelo "Neptuno". Ĉi-vespere li vestis sin elegante – nigra kostumo, neĝblanka ĉemizo, blua kravato. Telefone li mendis taksion kaj diris al ŝoforo:

-Hotelo "Neptuno".

La hotelo estis en la centro de la urbo, deketaĝa, kvinstela, blanka kiel neĝa montopinto. Kiam la taksio haltis antaŭ ĝi, Dako ĵetis al la ŝoforo bankbileton kaj ne atendis la redonon de mono.

La pordisto de la restoracio profunde klinis sin, kiam vidis Dako-n. En la restoracio ĉiuj kelneroj konis lin. Kiam li estis ĉi tie, oni rapidis priservi lin, ĉar Dako estis malavara kaj ĉiam donis al ili grandan sumon da trinkmono. Al Dako plaĉis la rilatoj de la kelneroj al li, kvankam li bone sciis, ke ili afablas nur pro la mono, kiun ricevas de li.

La salonĉefo de la restoracio, kiu larĝridete renkontis Dako-n, proponis la plej bonan tablon, iom malproksime de la orkestro. Dako sidiĝis kaj komencis rigardi la homojn en la restoracio. Inter ili estis famaj personoj: politikistoj, deputitoj, geaktoroj, kiujn li ofte vidis en la televidaj elsendoj.

Kiam venis la kelnero li mendis la plej multekostan specialaĵon de la restoracio. Unue li petis francan salaton kun fromaĝo el kapra lakto kaj mielo, poste kalmarojn, anason kun brokoloj, spicherboj, laktokremo kaj mirtela saŭco, botelon da ĉampana vino kaj por deserto glaciaĵon. Por Dako la plej granda plezuro en la vivo estis la manĝado kaj li ĉiam bone manĝis. Kiam li manĝis neniu devis ĝeni lin por ke li trankvile kaj plene ĝuu la bongustan manĝaĵon. En la restoracioj li evitis trinki fortajn alkoholaĵojn. Ja, li bone sciis, ke la drinkado estas lia pasio kaj facile ebriiĝas.

Per granda plezuro Dako komencis vespermanĝi. La kelnero staris iom malproksime de la tablo, diskrete observis lin kaj atendis lian alvokon. Sufiĉis ke Dako alrigardu lin kaj la kelnero tuj kuris al la tablo.

Ĉi-vespere Dako fartis bonege kaj estis kontenta, tamen neatendite al lia tablo proksimiĝis viro, verŝajne samaĝa kiel li, alta kun vizaĝo simila al vizaĝo de boksisto kun nazo kiel tomato kaj tataraj okuloj.

-Saluton – diris la viro.
Dako alrigardis lin fride.
-Mi ne konas vin.
-Tamen mi bone konas vin. Vi estis soldato en Afganio.
Dako fiksrigardis la viron kaj iom kolere prononcis:
-Neniam mi estis en Afganio.
-Ne mensogu – insistis la viro, kiu verŝajne estis iom ebria. – Mi tre bone memoras vin. Tie vi vendis al la soldatoj aĉan viskion, ege multekoste.
-Vi eraras. Mi ne estis soldato tie.
-Vi mensogas. Vi vendis al mi aĉan viskion – insistis la viro.

Dako komprenis, ke tiu ĉi idioto malbonigos lian agrablan vesperon kaj petis la kelneron forpeli lin. La kelnero provis afable trankviligi la viron, kiu ne ĉesis ĝeni Dako-n. Finfine la kelnero sukcesis konvinki lin reiri al sia tablo, sed la viro laŭte diris al Dako:

-Mi nepre trovos vin, fripono!

Post tiu ĉi neatendita okazintaĵo, Dako decidis foriri. Lia bonhumoro vaporiĝis kaj li forte koleriĝis.

Dako rapide forlasis la restoracion. La nokto estis plene fuŝita. Hodiaŭ estis unu el tiuj tagoj, kiam li sentis bezonon kaj deziris esti alia, konduti kiel persono, kiu havas multe da mono kaj povas permesi al si ĉion: vespermanĝi en luksa restoracio, kontakti kun altranguloj, esti kun belaj virnoj. Tamen tiu ĉi idioto, kiun Dako bone konis, ĉar ili kune soldatservis en Afganio, kolerigis lin.

Dako decidis iri en iun bordelon por trankviligi sin, vokis taksion kaj ekveturis al la kvartalo ĉe "Kolomba Ponto", kie estis kelkaj bordeloj.

Antaŭ la ponto Dako eliris el taksio kaj iris sur unu el la mallarĝaj obskuraj stratoj. Li bone konis la kvartalon, ĉar de tempo al tempo kutimis veni ĉi tien. Super vitra pordo de trietaĝa domo estis neonluma plato kun surskribo "Gastejo Rozaj Sonĝoj". Li eniris ĝin. En la akceptejo staris kvindekjara virino kun farbitaj haroj, nigraj kiel la nokto, ŝminkita vizaĝo, grandaj ruĝaj lipoj kaj brovoj, pentritaj per nigra krajono.

-Bonan vesperon – afable renkontis lin ŝi.

-Ĉu iu el la knabinoj estas libera? – demandis Dako sen respondi al ŝia saluto. -Kian vi preferas?

-Ne gravas – diris li.

-La plej bela Simona estas en la kvina ĉambro.

-Bone – diris li kaj iris al la kvina ĉambro.

En tiu ĉi minuto li tute ne deziris scii ĉu Simona estas bela aŭ ne, ĉu nigrahara aŭ blonda. Li deziris esti kun virino por malstreĉigi sin, liberiĝi el la kolero, kiu ankoraŭ bolis en li. Enirante la ĉambron, Dako vidis junulinon, kiu trankvile kuŝis sur la lito. Ĉirkaŭ dudek-jara ŝi havis longan blondan hararon kaj sukcenkolorajn okulojn. La junulino ekridetis kaj kokete diris:

-Estas malvarme. Ĉu vi varmigos min?

Ja, ŝi surhavis nur helbluan diafanan noktoĉemizon. Dako paŝis al ŝi kaj ia peza densa nebulo kvazaŭ falis antaŭ liaj okuloj.

Post duonhoro li kuŝis en la lito ĉe la junulino. Ambaŭ silentis. La eta ĉambro kvazaŭ estis ie ekster la mondo, en la profunda kosmo, kie eĉ eta bruo ne aŭdiĝis.

Dako konsciis, ke baldaŭ li devos ekstari de la lito, foriros kaj denove estos sola en sia granda luksa loĝejo. Ĉiam sola. Li mem elektis la solecon. Li bone sciis, ke ne eblas loĝi kun virino. Lia vivo estas danĝera, sekreta kaj neniu devas enrigardi ĝin, nek viro, nek virino. Delonge jam li vivis ekster la leĝoj. Li subskribis sian mortkondamnon, paŝante sur fadenon, kiu iam subite ŝiriĝos kaj li falos en la abismon. Li mem elektis tiun ĉi vojon. Neniun li devas koni kaj neniu konu lin. Ĉiuj, kiuj iam konis lin, devas forgesi lin.

La ĉi-vespera stultulo en la restoracio estis Najden, el iu fora eta vilaĝo. Kiel li aperis en "Neptuno"? Eble ĝuste por fuŝi lian vesperon. Dako devas esti ombro, silueto kaj neniu povu diri kiel li aspektas, kiaj estas liaj haroj, okuloj. Eĉ Simona, ĉe kiu nun li kuŝas, devas tuj forgesi lin kaj diri, ke neniam, nenie ŝi vidis lin. Delonge jam Dako decidis kiel vivi. Li ne havis parencojn, ne interesiĝis pri la gepatroj, kiuj ne scias kie li loĝas kaj verŝajne opinias, ke li ankoraŭ estas ie eksterlande.

Dako malrapide ekstaris de la lito. Estis bone, ke Simona silentis, eĉ ne demandis kio estas lia nomo. Li alrigardis ŝin tiel, kvazaŭ nun li vidas ŝin, ĵetis sur kafotablon kelkajn bankbiletojn kaj foriris senvorte.

8.

La novembra tago estis malhela, griza. Nuboj kovris la ĉielon. Blovis malvarma vento. Ĉio, la arboj kun la nudaj nigraj branĉoj, la sekaj flavaj folioj sub ili, la velkitaj aŭtunaj floroj kaj la herbo eligis triston. La grizkoloraj multetaĝaj domoj similis al senmovaj monstroj, kiuj pretis engluti senkulpajn viktimojn. Sur la stratoj la aŭtoj rapidegis, pelitaj de nevideblaj persekutantoj, subite haltis antaŭ la ruĝa lumo de la strataj semaforoj kaj iliaj bremsoj longe akre grincis.

Antaŭ la redaktejo de la tagĵurnalo "Telegrafo" haltis polica aŭto, el kiu eliris komisaro Pavel Silikov. Li eniris la konstruaĵon kaj demandis la pordiston ĉe la enirejo kie estas la kabineto de la ĉefredaktoro.

-Je la dua etaĝo, ĉambro 22 – klarigis afable la pordisto.

Silikov iris al la dua etaĝo kaj ekstaris antaŭ la pordo de kabineto 22, sur kiu estis ŝildo: "Miroslav Delev – ĉefredaktoro". Silikov frapetis je la pordo kaj kiam aŭdis "jes" malfermis ĝin kaj eniris. La kabineto estis vasta kaj komforta. Antaŭ la granda fenestro estis masiva skribotablo ĉe kiu sidis kvindek-jara dika viro kun okulvitroj, vestita en moderna ĉokoladkolora kostumo, blanka ĉemizo kaj kun ĉerizkolora kravato. La viro rigardis la ekranon de la komputilo, sed kiam Silikov eniris, li tuj levis kapon.

Silikov prezentis sin, montrante la polican legitimilon.

-Bonan tagon, komisaro Pavel Silikov de la krimpolico.

La dika viro stariĝis kaj provis rapide paŝi al li.

-Mi estas Miroslav Delev – la ĉefredaktoro. Kiel mi helpu vin? – demandis li kaj invitis Silikov sidiĝi ĉe la longa tablo, ĉe kiu kolektiĝis la redaktoroj, kiam pridiskutis la enhavon de la nova numero de la ĵurnalo.

Silikov sidiĝis kaj ekparolis:

-Vi jam scias. Hieraŭ estis pafmurdita via kolegino Maria Kirilova.

-Jes – diris Delev, rigardante funebre - estas granda tragedio por ĉiuj ni kaj ŝia familio.

-Mi deziras demandi vin pri ŝia laboro en la ĵurnalo. Ĉu ŝia ĵurnalista agado povas esti kialo de la murdo?

Delev ne respondis tuj. Lia rigardo direktiĝis al la hodiaŭa "Telegrafo", kiu kuŝis sur la tablo kaj kvazaŭ li deziris rememori ĝian enhavon. Post iom da tempo li levis kapon. Liaj okuloj havis strangan blugrizan koloron kaj Silikov ne povis precize diri ĉu ili estas grizaj aŭ helbluaj.

-Al tiu ĉi demando ne estas facile respondi. En la ĵurnalo aperas kritikaj artikoloj, verkitaj de niaj ĵurnalistoj. Oni telefone minacas nin, sed la minacoj estas direktitaj pli ofte al mi kiel ĉefredaktoro. Mi ne estas certa ĉu Maria verkis iun artikolon, kiu estis la kialo de ŝia murdo kaj ĉu oni minacis ŝin.

-Kia ĵurnalistino ŝi estis? – demandis Silikov.

-En la ĵurnalo laboras pli ol kvindek ĵurnalistoj kaj mi bone konas preskaŭ ĉiujn. Maria estis diligenta. Ĉiam precize kaj ĝustatempe ŝi plenumis siajn taskojn, neniam malfruis, verkis interesajn artikolojn, sed la ĉeftemoj de ŝiaj artikoloj estis la aktualaj socialaj problemoj.

Delev eksilentis, iom ordigis la nodon de sia kravato, sed Silikov ne komprenis ĉu li deziras aldoni ankoraŭ ion aŭ atendas aliajn demandojn. Silikov jam komprenis, ke eble nenion gravan li eksciis pri la laboro de Maria, aŭ nenion, kio povas direkti lin al la kialo de la mistera murdo. El la vortoj de Delev li konkludis, ke Maria estis ordinara ĵurnalistino, kiu de tempo al tempo verkis kaj aperigis iajn artikolojn, sed ili ne estis sensaciaj kaj certe la legantoj eĉ ne legis ilin. Do, plej verŝajne ŝia ĵurnalista agado ne povis esti kialo de la murdo.

-Dankon – diris Silikov. – Vi menciis, ke bone konas preskaŭ ĉiujn ĵurnalistojn, kiuj laboras ĉe la ĵurnalo. Mi ne dubas, ke vi, kiel serioza estro, konas ne nur ilian ĵurnalistan agadon. Ja, ĵurnalistoj estas emociaj personoj.

-Vi pravas – iom vigliĝis Delev. Verŝajne plaĉis al li, ke Silikov aludis, ke li estas sperta estro. – Mi bone konas ilin.

-Mi supozas, ke same la rilatojn inter ili…

-Pli malpli – iom hezite respondis Delev.

-Bone komprenu min – fiksrigardis lin Silikov. – Mi ne deziras demandi vin pri klaĉoj kaj pikantaĵoj…

Delev tuj ĉesigis lin, ĉar komprenis kien celas Silikov kaj rapide certigis sin:

-Kaj vi same bone komprenu min. Neniam mi enmiksiĝis en la intiman vivon de miaj kolegoj.

-Klare – iom indigne diris Silikov. – Mi demandos rekte: ĉu Maria havis amanton en la redaktejo?

Delev kuntiris brovojn kaj lia mieno iĝis rigora.

-Pri amanto mi ne scias. Ŝi estis bela, ĉarma kaj multaj kolegoj amindumis ŝin.
-Do, interese. Ĉu ŝi provokis ilin? – demandis Silikov.
-Tute ne, laŭ mi. Ja, ŝi estis edzinita. Mi ne konas ŝian edzon, sed oni diras, ke ŝia familia vivo estis senriproĉa.
-Dankon. Verŝajne mi havos aliajn demandojn kaj mi denove vizitos vin.
-Mi estos ĉiam je via dispono – iom klinis kapon Delev.
-Ĝis revido – diris Silikov kaj rapidis eliri el la kabineto.

Sur la strato Silikov diris al la ŝoforo, ke piediros kaj la aŭto forveturis. Silikov daŭrigis piede sur bulvardo "Danubo". Estis la deka kaj duono kaj li eniris kafejon "Vieno", kiu estis lia ŝatata kafejo. Kiam estis studento kaj studis juron, li ofte venis ĉi tien. En "Vieno" li renkontiĝis kun amikoj kun kiuj pasigis horojn en agrablaj konversacioj. Tiam ĉi tien venis gestudentoj el diversaj fakultatoj kaj en "Vieno" li konatiĝis kun Rita, la edzino.

Tiam Rita studis medicinon kaj Pavel neniam forgesos la tagon, kiam unuan fojon vidis ŝin. Estis en majo, la plej bela monato. Rita venis en la kafejon kun du siaj koleginoj. Jam ĉe la enirejo Pavel rimarkis ŝin. Tian belan junulinon ĝis tiam li ne vidis. Rita havis longajn antracitkolorajn harojn kaj grandajn okulojn kun smeraldaj briloj. Ŝia ne tre alta korpo similis al delikata eta arbo. Mi nepre devas konatiĝi kun tiu ĉi belulino, diris al si mem Pavel kaj komencis mediti kiel li proksimiĝu al tri junulinoj, kiuj eksidis ĉe tablo, proksime al enirejo.

Pavel rimarkis, ke unu el ili elprenis cigaredskatolon kaj bruligis cigaredon. Tuj li iris al ili kaj petis de la knabino la alumetskatolon por bruligi sian cigaredon. Ŝi afable donis ĝin al li. Pavel bruligis la cigaredon kaj poste demandis ĉu la knabinoj permesos, ke li sidiĝu ĉe ili. Ili kompreneble permesis. Ja, tiam li same estis sufiĉe alloga: alta, nigrahara kun korpo de atleto, unu el la plej bonaj naĝistoj en la naĝteamo de la universitato.

Eksidante ĉe la tablo Pavel komencis konversacii kun la knabinoj, rakontis kelkajn anekdotojn kaj demandis ilin kion studas. Tiel li eksciis kie ili studas kaj kiuj estas iliaj nomoj. Kiam la knabinoj ekiris, li akompanis ilin. "Ja, jam kiel studento mi strebis demandadi kaj starigi konvenajn demandojn, diris al si mem Pavel ŝerce."

Post tiu ĉi unua renkontiĝo kaj konatiĝo li komencis regule renkontiĝi kun Rita. De tiam pasis pli ol dudek jaroj, sed ĉiam, kiam li eniris kafejon "Vieno" agrabla emocio obsedis lin.

Nun Pavel mendis kafon kaj sidiĝis ĉe la tablo, kie tiam sidis Rita kun siaj koleginoj. Hrisi, la juna servistino, alportis la kafon kaj afable demandis:

-Kiel vi fartas, sinjoro Silikov?

Ŝi tre bone konis lin, unu el la konstantaj vizitantoj de "Vieno".

-Dankon Hrisi – respondis Pavel, - sed vi scias, ke ni, la policanoj, fartas bone nur kiam ni ne havas laboron. Kiam estas laboro, ni ne fartas bone.

-Verŝajne denove okazis granda krimo?

-Jes.

-Sed dum la lastaj tagoj en la televidaj novaĵoj ne estis informo pri ia krimo – rimarkis Hrisi.

-Ne necesas ĉiam maltrankviligi la homojn – diris Pavel. – Sufiĉas, ke ni maltrankviliĝas kaj streĉiĝas.

Hrisi ekridetis kaj foriris. Pavel komencis malrapide trinki la aroman kafon. Eble Maria same kutimis veni ĉi tien, meditis li, la kafejo estis tre proksime al la redaktejo de "Telegrafo".

Daŭre Silikov demandis sin: kiu murdis Maria-n kaj kial. Ĉu iel Maria provokis la murdiston? Li deziris scii pli pri ŝia vivo. Kia ŝi estis? De Delev, la ĉefredaktoro, Silikov eksciis, ke Maria estis diligenta, serioza ĵurnalistino, sed kiel ŝi rilatis al la gekolegoj, al la parencoj? Kion ŝi ŝatis? Ĉu ŝi renkontiĝis kun diversaj homoj? Verŝajne ŝi intervjuis ilin. Kio estis ŝia ŝatata okupo? Kiel ŝi pasigis la liberan tempon? La demandoj estis sennombraj. Ĉu la respondoj de ili helpos lin trovi la murdiston? Maria estis bela virino kaj li sentis doloron pro ŝia morto. Dum sia dudek-jara laboro ĉe la polico, li ĉiam dolore travivis la tragikajn okazojn, ne povis esti indiferenta al la homaj tragedioj. Nun denove atendis lin longa kaj streĉa laboro, tamen li estis firme konvinkita, ke malgraŭ ĉiuj komplikaĵoj, li trovos la murdiston.

Silikov vokis la kelnerinon, pagis la kafon kaj foriris. Ekstere daŭre estis malhele kaj nube kiel matene kaj malvarmeta vento pelis la flavajn foliojn surstrate.

9.

Pavel Silikov ekflaris la tiklan kafaromon. Ankaŭ ĉi-matene Rita pli frue vekiĝis ol li kaj jam kuiris la kafon. Por Pavel la plej granda plezuro en la vivo estis la trinko de la matena kafo. Por li tio estis rito. Ĉiun matenon li vekiĝis je la sesa horo, eniris la banejon, banis sin, razis sin kaj poste freŝiĝita, en bona humoro, li eniris la kuirejon. Sur la manĝotablo jam estis la taso kun la varma kafo. Pavel havis specialan kafoglason, kiu estis iom pli granda kaj entenis ne unu, sed du kafodozojn. La glaso estis blanka, farita el tre fajna ĉina porcelano kaj sur ĝi per blua koloro estis pentrita bela trimasta velŝipo. Ĉiuj hejme sciis, ke tio estas la glaso de Pavel kaj neniu alia uzis ĝin.

Rita verŝis la kafon en la glasojn kaj ambaŭ komencis malrapide trinki. Ŝi ridetis, rigardante per kia plezuro Pavel trinkas la kafon.

-De du tagoj vi estas tre silentema – diris Rita. – Ĉu vi denove havas laborproblemojn?

Pavel alrigardis ŝin. Rita estis bona psikologo kaj ĉiam senerare konstatis kiam Pavel havis problemojn aŭ kiam io ĝenis lin, malgraŭ ke li provis kaŝi de ŝi siajn zorgojn. Dum tiom da jaroj Pavel ne povis klarigi al si mem kiel Rita tiel facile divenas lian animstaton. Ĉu laŭ lia rigardo aŭ laŭ iuj liaj nevolaj gestoj. Tio estis ŝia sekreto kaj Rita neniam diris al li kiel ŝi tiel facile senvualigas liajn sentojn. Pavel eĉ opiniis, ke por Rita li estas kiel malfermita libro, kiun ŝi senpene legas.

-Jes – diris li – de du tagoj mi estas premita kaj vi vidas tion.

-Kio okazis?

-Denove murdo. Iu murdis junan virinon. Du tagojn jam ni esploras la murdon, sed ne sukcesas trovi la fadenon, kiu helpos nin malplekti la krimon. Mi ne trovas la kialon, la motivon pri tiu ĉi murdo.

Rita bone sciis, ke Pavel tute ne emas paroli pri sia laboro kaj tre malofte li diris ion, sed nun ŝajne li bezonis rakonti al ŝi pri tiu ĉi krimo.

-Vi tre emocie travivas la murdojn – diris Rita – kaj ne la kialo, kiun vi ne trovas, sed la doloro pri la murdito premas vin.

-Eble vi pravas, tamen la unuaj kvin tagoj estas la plej gravaj por la solvo de la enigmo. Se ni ne sukcesos dum la unuaj kvin tagoj trovi la murdiston, poste estos ege malfacile. Ni jam perdis du tagojn.

-Vi diris, ke oni murdis junan virinon – daŭrigis Rita. – Eble temas pri seksmaniulo aŭ pri seria murdisto? Ĉu ne estis aliaj similaj murdoj dum la lastaj monatoj?

-Ne. Certe ne temas pri seksmaniulo – respondis Pavel. – Tamen kio okazas ĉe vi en la hospitalo? – demandis li por ĉesigi la konversacion pri siaj laborzorgoj.

Li kaj Rita malfrue revenis ĉiun vesperon hejmen kaj tial ili kutimis konversacii matene dum la kafotrinkado.

-Nenio novas en la hospitalo – diris Rita. – Iuj el la malsanuloj estas dankemaj al ni, aliaj – ne tre.

Rita same ne ŝatis paroli pri sia laboro. Ŝi estis sperta ĥirurgo kaj Pavel ege fieris pri ŝi.

-Jes, vi, la kuracistoj, fizike kuracas ilin kaj ni, la policanoj, - anime. Kaj vi, kaj ni aŭ sukcesas, aŭ ne sukcesas – konkludis Pavel.

-Gravas, ke ni deziras plenumi nian laboron diligente – diris Rita.

Rita ĉiam strebis esti perfekta kaj tio videblis en ŝia rigardo, en ŝiaj helverdaj okuloj, kiuj radiis ambicion kaj deziron, ke ĉio, kion ŝi faras, estu bonega.

-Do, mi eku. La taskoj min atendas – diris Pavel kaj komencis prepari sin por foriro.

-Same mi devas esti hodiaŭ pli frue en la hospitalo. Estos grava operacio – diris Rita.

Rita estis unu el tiuj virinoj, kiuj entute dediĉis sin al la familio. Ŝi ĉiam strebis iel helpi Pavel, tre bone komprenis, ke lia laboro estas streĉa, ege respondeca kaj pro tio ŝi certigis al li trankvilon hejme. Rita tute ne ŝatis okupi Pavel per superfluaj konversacioj kaj tre malofte parolis pri sia laboro en la hospitalo. Ŝi sciis kaj vidis, ke Pavel tre serioze rilatas al sia laboro kaj okazis, ke ofte dum tagoj li ne estis hejme, kiam la polico devis serĉi danĝeran krimulon. Rita amis sian profesion, tamen por ŝi pli grava estis la familia vivo kaj la trankvila bona etoso en la familio.

Antaŭ du jaroj oni proponis al Rita labori eksterlande. La kondiĉoj estis bonegaj: alta salajro, luksa loĝejo, multaj privilegioj, tamen Rita ne akceptis. Ŝi sciis, ke Pavel neniam konsentos forlasi sian laboron kaj ekloĝi eksterlande. Rita sentis, ke sen Pavel ŝia vivo ne estos feliĉa.

10.

En la policejo Pavel Silikov vokis telefone Marin Kalev, la serĝenton. Post kelkaj minutoj Kalev eniris lian kabineton kaj salutis lin:

-Bonan matenon, sinjoro komisaro.

-Bonan matenon. Sidiĝu – kaj Silikov montris al Kalev la seĝon antaŭ la skribotablo. – Raportu, serĝento Kalev, kion konstatis la esplorgrupo pri la murdo de Maria Kirilova.

Kalev alrigardis iom konfuzite Silikov-on kaj komencis embarasite paroli:

-Oni konstatis, ke la virino estis pafmurdita per pistolo naŭmilimetra. La du kugloj estas trovitaj.

-Ĉu vi trovis la pistolon? – demandis Silikov.

-Ankoraŭ ne.

-Kaj ĉu pere de la kugloj vi konstatis ĉu per la sama pistolo antaŭe estis pafmurdita iu?

-Tute ne. Ni komparis la rezultojn. Antaŭ tri monatoj estis alia murdo, sed per tute alia pistolo – klarigis Kalev.

-Tio ne tre helpas nin – zorgmiene diris Silikov.

Per la dekstra mano li iom glatigis sian griziĝantan hararon kaj alrigardis la kalendaron, kiu staris sur la skribotablo. Liaj okuloj estis ŝtalkoloraj kaj lia rigardo – penetranta. Malgraŭ la aĝo, Silikov havis atletan fortan korpon kaj Kalev supozis, ke li regule sportas.

-Ĉu vi pretigis la liston kun la nomoj de parencoj, geamikoj kaj gekolegoj de Maria Kirilova? – demandis Silikov.

-Jes – diris Kalev kaj donis al li la liston.

Silikov prenis ĝin kaj komencis legi la nomojn.

-Ĉu vi demandis kiu el la gekolegoj de Maria estis en tre bonaj rilatoj kun ŝi aŭ kiu estis ŝia plej bona amikino?

-Jes – tuj respondis Kalev. – Ŝia plej bona amikino estis Slava Angelova – ĵurnalistino. Slava estas iom pli aĝa ol Maria, tre sperta ĵurnalistino kaj oni diras, ke ŝi multe helpis Maria-n.

-Bone. Mi renkontiĝos kaj parolos kun ŝi – diris Silikov kaj denove iom glatigis sian hararon. – Kaj kion vi planas hodiaŭ? – demandis li.

-Hodiaŭ je la dek-sesa horo estas la entombigo de Maria – diris Kalev.

-En kiu tombejo?

-En tombejo "Arĝenta Kruco" en loĝkvartalo "Lazuro".

-Mi estos tie. Verŝajne mi rimarkos ion aŭ ekscios ion, kion ni ankoraŭ ne scias – diris Silikov.

Kalev eliris kaj Silikov restis sola en la kabineto. Li denove alrigardis la kalendaron kaj skribis ion en la notlibreton, kiu kuŝis antaŭ li, sur la skribotablo. Maria, meditis li, estis ne tre konata ĵurnalistino. Ŝia kolegino kaj amikino Slava Angelova estas pli konata. Silikov jam aŭdis aŭ verŝajne legis ion de Slava Angelova. "Plej bone oni povas ekkoni iun homon de liaj vortoj aŭ de tio, kion li verkas. Pere de la verkado la homo esprimas siajn pensojn, emociojn, la rilatojn al la aliaj homoj, al la problemoj, al la ĉiutaga vivo, meditis Silikov. Mi devas tralegi iujn artikolojn de Maria."

Li ekstaris, alpaŝis al la hokaro, prenis kaj surmetis sian nigran mantelon kaj eliris el la kabineto.

La ĉefurba biblioteko troviĝis sur placo "Konkordo" en masiva kvinetaĝa konstruaĵo, en baroka stilo. Al la centra enirejo de la biblioteko estis marmora ŝtuparo. Sur la fasado videblis ornamaĵo – ŝtona granda malfermita libro, sub kiu estis bronzlitera frazo: "La klereco estas lumo".

Silikov eniris la legejon, kiu troviĝis sur la unua etaĝo. En ĝi estis longaj tabloj kaj ĉe la muroj altaj bretoj kun libroj, ĉefe enciklopedioj, gvidlibroj, vortaroj, bibliografioj, universitataj lernolibroj...Sur la muroj pendis la portretoj de mondfamaj verkistoj: Ŝekspiro, Ŝillero, Servanteso, Homero...

Silikov proksimiĝis al la skribotablo de la bibliotekistino, kiu respondecis pri la legejo kaj petis ŝin alporti la pasintjaran kaj ĉi-jaran kolekton de ĵurnalo "Telegrafo". La juna bibliotekistino afable akceptis la peton kaj tuj iris plenumi ĝin. Silikov sidiĝis ĉe unu el la tabloj kaj alrigardis la legantojn ĉirkaŭ si. Estis ĉefe gejunuloj, studentoj, kiuj atente legis kaj Silikov konstatis, ke li estas la plej aĝa en la legejo. Post dek minutoj la bibliotekistino alportis la petitajn jarkolektojn de "Telegrafo". Silikov komencis trafoliumi la pasintjaran kolekton kaj serĉi artikolojn, subskribitajn de Maria Kilrilova.

Ne estis multaj artikoloj, verkitaj de Maria. Kiel Delev diris, la artikoloj, kiujn verkis Maria, estis ligitaj ĉefe al socialaj problemoj, familia vivo, edukado, klerigo, sanprotektado. Ŝi ne verkis artikolojn pri enlanda aŭ eksterlanda politikoj. Silikov pli atente tralegis kelkajn artikolojn kaj intervjuojn. Maria verkis argumentite, havis talenton prezenti la problemojn, analizi ilin kaj proponi solvojn. La artikoloj montris, ke ŝi estis serioza, respondeca ĵurnalistino, kiu ŝatis sian laboron kaj diligente preparis sin por ĉiu artikolo kun faktoj kaj pruvmaterialoj. Same detale ŝi intervjuis diversajn fakulojn pri aktualaj problemoj. Verŝajne antaŭ la intervjuoj ŝi bone informiĝis pri la problemoj, profesio kaj agado de la personoj kun kiuj ŝi konversaciis.

Tamen la artikoloj kaj intervjuoj ne tre helpis Silikov. Ili estis bone verkitaj, ne kritikaj kaj certe neniun ili ofendis. Do, neniu havis kialon murdi Maria-n pro iu artikolo. Silikov pretis ĉesigi la legadon, sed subite vidis artikolon, subskribitan de Slava Angelova kaj Maria Kirilova. La artikolo havis grandliteran titolon: "La narkotaĵobaronoj en ofensivo". Silikov komencis legi ĝin. En la artikolo detale estis priskribita la eksterleĝa narkotaĵonegoco. La ĵurnalistinoj klarigis kiamaniere estas kontrabanditaj la narkotaĵoj, kiel oni disvastigas kaj vendas ilin en la lando, kiuj estas la plej grandaj narkotaĵobaronoj. Estis klare menciite, ke en la centro de tiu ĉi giganta negoco, kiu certigas milionojn da eŭroj estas konataj politikistoj, deputitoj kaj eĉ ministroj. Je la fino de la artikolo la ĵurnalistinoj skribis, ke aperigos novajn artikolojn, en kiuj listigos la nomojn de la plej gravaj personoj en la narkotaĵonegoco.

Tiu ĉi artikolo vekis la atenton de Silikov. Li bone sciis kio estas la narkotaĵonegoco. Maria Kirilova kaj Slava Angelova tuŝis danĝeran temon. El la artikolo estis facile kompreni, ke ili serioze esploris la disvastigon de la narkotaĵoj en la lando. Ili verŝajne sukcesis malkaŝi la tutan narkotaĵonegocan reton: de la simplaj narkotaĵodistribuantoj sur la urbaj stratoj tra la kontrabandistoj kaj la "muloj", kiuj kontraŭ malgrandaj sumoj riskas transporti la narkotaĵojn tra la landlimoj ĝis la baronoj, kiuj estras la tutan organizon kaj kiuj estas ege riĉaj kaj ĉiopovaj. La artikolo estis glacimonto, kiu montris nur la pinton. La ĵurnalistinoj promesis aperigi novajn faktojn pri la narkotaĵobaronoj kaj tiu ĉi promeso verŝajne serioze timigis iujn.

Silikov nepre devis renkontiĝi kun Slava Angelova kaj konversacii kun ŝi. Li rigardis sian brakhorloĝon kaj vidis, ke post horo estos la dek-sesa kaj devas ekiri al tombejo "Arĝenta Kruco".

Li eliris el la biblioteko kaj de placo "Konkordo" prenis taksion.

-Al tombejo "Arĝenta Kruco" – diris li.

La ŝoforo, dudek-kelk-jara junulo iom strange alrigardis Silikov. Verŝajne en la unua momento li opiniis, ke Silikov ŝercas, sed tuj vidis, ke la viro, kiu eniris la taksion estas mezaĝa, serioza kaj tute ne similas al homo, kiu deziras ŝerci.

La ŝoforo funkciigis la aŭton kaj rapide ekveturis al loĝkvartalo "Lazuro", kie troviĝis la tombejo. Antaŭ la granda tombeja pordo la taksio haltis, Silikov pagis kaj ekiris sur la aleon al la konstruaĵo, kie devis okazi la funebra ceremonio.

Je la du flankoj de la aleo estis pluraj tomboj kaj Silikov irante rigardis la fotojn kaj la nomojn sur la tombaj platoj, kiuj estis tomboj de junuloj kaj maljunuloj, ĉiuj jam en la alia, eble pli bona mondo. Silikov nevole meditis pri la homa vivo. "Ni ĉiuj naskiĝas, vivas kaj en iu tago ni forlasas tiun ĉi mondon. Ĉu ni ĉiuj naskiĝas egalaj, demandis li sin. Se jes, kiam iuj el ni iĝas bonaj kaj aliaj malbonaj? Kial estas murdistoj, ŝtelistoj, friponoj?" Silikov neniam voĉe esprimis sian opinion, sed li kredis, ke la homoj naskiĝas aŭ bonaj, aŭ malbonaj. Laŭ li ekzistas sorto, kiu difinas kiu estos bona kaj kiu malbona. Tiun ĉi lian opinion pruvis lia preskaŭ dudek-kelk-jara laboro ĉe la polico. Li konis bonmorajn familiojn, kies filoj estis krimuloj.

Neniam li forgesos iun kazon antaŭ kelkaj jaroj. La patro estis fama profesoro, elstara sciencisto, la patrino – gimnazia instruistino, sed la filo – sperta ŝtelisto. La nomo de la filo estis Ivo kaj jam kiel lernanto komencis ŝteli. Unue – monon de siaj samklasanoj kaj de la instruistoj, poste li komencis forrabi domojn. Tre lerte li povis malŝlosi pordojn, eniri domojn kaj ŝteli valoraĵojn, juvelojn, monon, ŝtelis aŭtojn kaj iĝis estro de bando, kiu forrabis du bankojn. Tre malfacile la polico sukcesis kapti lin. Ivo estis sperta ŝtelisto kaj bone kaŝis sin. Tiam Silikov tute ne komprenis kial filo de profesoro, iĝis ŝtelisto. Ja, la familio havis sufiĉe da mono. La patro de Ivo jam de lia infanaĝo aĉetis ĉion al li. Ivo havis modernan multekostan aŭton. Nenio mankis al li kaj spite al tio li estis unu el la plej grandaj ŝtelistoj. Certe li ankoraŭ estas en la malliberejo. La gepatroj ne povis travivi la grandan honton kaj mortis. Estis aliaj similaj kazoj kun filoj de bonaj familioj.

Silikov kredis, ke murdistoj naskiĝas murdistoj. Li estis certa, ke tiu, kiu mortpafis Maria-n estas persono, kiu mortpafis same aliajn homojn. La mortpafo de Maria ne estis lia unua. Ĉio estis bone pripensita, planita kaj certe la murdisto estis tre trankvila dum la mortpafo. Li sciis kien ĝuste pafi. La kontrola pafo estis en la kapo kaj atestis pri profesia murdisto.

En la funebran salonon jam venis pluraj homoj. La gepatroj de Maria, la edzo Kamen, gekolegoj, geamikoj, Miroslav Delev, kiu devis diri la funebran parolon. Silikov ne konis ĉiujn, kiuj venis adiaŭi Maria-n al ŝia lasta vojaĝo, sed li deziris atente observi ilin, rigardi la esprimojn de iliaj mienoj, iliajn gestojn, movojn kaj supozis, ke tio helpos lin fari konkludojn pri la krimo.

-Ho, komisaro, ankaŭ vi estas ĉi tie – Silikov aŭdis konatan voĉon malantaŭ sia dorso.

Li turnis sin kaj vidis Kerelezov, kiun menciis la patro de Maria, ĵurnalisto de ĵurnalo "Popola Voĉo". Antaŭ du jaroj Kerelezov intervjuis Silikov pri forrabo de banko.

-Komisaro, certe vi estas ĉi tie, ĉar la murdistoj ĉiam revenas al la krimlokoj – ironie rimarkis Kerelezov.

-Ĉu vi ne estas la murdisto? – demandis same ironie Silikov.

-Mi estis nur samklasano kaj samstudento al Maria kaj poste kun ŝi kolegoj – diris Kerelezov. – Tre bona ĵurnalistino ŝi estis bedaŭrinde.

-Ĉu vi ofte vidis unu la alian?

-Ne. Nur de tempo al tempo dum gazetaraj konferencoj, kiam estis iuj gravaj politikaj eventoj kaj la ĵurnalistoj el diversaj ĵurnaloj, televidoj, radiostacioj devis ĉeesti kaj poste verki raportaĵojn.

-Ĉu Maria verkis raportaĵojn pri politikaj eventoj? – demandis Silikov.

-Tre malofte.

Fama kaj bone konata ĵurnalisto, Kerelezov estis alta, svelta, bonedukita kaj afabla. Oni povis vidi lin ĉiam kaj ĉie, kie okazis io en la urbo, ĉu demonstracio, ĉu alveno de fremdlanda delegacio, ĉu katastrofo. Silikov sciis, ke Kerelezov estas unu el la plej bone informitaj ĵurnalistoj kaj li decidis baldaŭ renkontiĝi kaj konversacii kun li.

Post la funebraj eldiroj kaj kondolencoj Silikov eliris el la salono. Ĉi tie, en la tombejo, estis la tombo de liaj gepatroj. Pro la ĉiutagaj okupoj li tre malofte venis al ilia tombo. Antaŭ semajno estis la Tago de la Mortintoj kaj tiam Silikov same ne povis veni. Li ekiris al la tombo de la gepatroj, kiu estis en 59-a parcelo. Irante Silikov riproĉis sin, ke tre malofte rememoras siajn gepatrojn, kiuj amis kaj, dum estis vivaj, zorgis kaj helpis lin. Kaj la patro, kaj la patrino estis instruistoj. La patro – pri literaturo kaj la patrino – pri historio. La patro tre deziris, ke Pavel same studu literaturon kaj revis, ke iam Pavel iĝos verkisto. La patro mem revis estis verkisto, sed li ne povis realigi tiun ĉi sian revon kaj tial li esperis, ke Pavel iĝos verkisto.

Kiam Pavel finis juron kaj komencis labori ĉe la polico, la gepatroj estis tre malkontentaj. "Kial vi elektis tiun ĉi profesion – ofte riproĉis lin la patro. – Dum la tuta vivo vi okupiĝos pri la homaj krimoj, kiuj dolorigos vian animon. La negativa energio malsanigos vin. Vi devis elekti pli bonan, pli trankvilan profesion."

Pavel ne sciis kion respondi al la patro. Ja, la patro certe ne komprenos lin. Pavel decidis esti policano, ĉar opiniis, ke tiel helpos al la senkulpaj homoj. Li havis klaran rememoron el la infaneco, kiam ilia najbaro Mladen, juna viro, estis policano kaj ĉiuj genajbaroj ege amis kaj estimis lin. Mladen pretis ĉiam helpi al ĉiuj. Li riparis la elektrajn instalaĵojn de maljunuloj aŭ kiam iuj aĉetis meblojn, Mladen helpis ilin enporti la meblojn en la loĝejojn. Kaj kiam Pavel estis infano, li tre deziris esti kiel Mladen, ke ĉiuj amu kaj estimu lin. Verŝajne tial li decidis iĝi policano.

Nesenteble Silikov proksimiĝis al la tombo de la gepatroj. Ĉe ĝi kreskis pomarbo, sub kiu estis la ŝtona tomba plato, sur kiu videblis la fotoj de la patro kaj la patrino. La patro, Veselin Silikov, havis nigran densan hararon, okulojn kiel karbojn kaj lipharojn. Nun, kiam Pavel rigardis la foton, ŝajnis al li, ke la patro iom ridetis, kiam oni fotis lin kaj tiu ĉi rideto aludis pri lia emo ŝerci. Ofte la patro rakontis tre gajajn anekdotojn.

La patrino, Iliana Silikova, estis malalta, maldika kun helaj haroj kaj cejankoloraj okuloj. Ŝi estis silentema, singena, tamen tre postulema instruistino, kiu deziris, ke la gelernantoj ĉiam bone lernu la lecionojn.

Nun, staranta antaŭ la gepatra tombo, Pavel demandis sin ĉu estis bona filo, ĉu ĉiam tiel kondutis kiel deziris liaj gepatroj, ĉu estis momentoj, kiam li ĝojigis ilin, ĉu li bone komprenis ilin, ĉu sciis kion ili deziras, kion ili bezonas. Kiam Pavel estis juna, li tute ne pensis pri la sentoj, pri la travivaĵoj de siaj gepatroj. Ili vivis, laboris, edukis kaj instruis lin. Ili plenumis sian homan devon. Nun Pavel devis plenumi siajn devojn, daŭrigi ilian vojon.

Li riproĉis sin, ke eĉ floron ne aĉetis por meti sur la tombon kaj li ne rajtis senkulpigi sin, ke rapidis al la funebra ceremonio de Maria.

11.

Pavel Silikov telefonis al Miroslav Delev, la ĉefredaktoro de "Telegrafo":
-Saluton Delev. Telefonas komisaro Pavel Silikov.
-Saluton, sinjoro Silikov. Bonvolu.
-Delev, mi bezonas la telefonnumeron de la ĵurnalistino Slava Angelova.
-Tuj mi donos ĝin al vi – diris Delev kaj diktis la telefonnumeron de Slava.
-Dankon – diris Silikov.
Post la konversacio kun Delev li telefonis al Slava Angelova.
-Sinjorino Angelova?
-Jes – aŭdiĝis agrabla virina voĉo.
-Telefonas komisaro Pavel Silikov. Mi devas renkontiĝi kun vi, rilate la murdon de Maria Kirilova. Kiam estos oportune?
-Mi estas en la redaktejo, vi povas veni ĉi tien – diris Slava.
-Tre bone. Mi tuj venos.
Silikov ekstaris de la skribotablo, surmetis la mantelon kaj ekiris. En la koridoro de la policejo, li malfermis la pordon de la najbara kabineto kaj diris al Kalev.
-Kalev, mi iras en la redaktejon de "Telegrafo". Se hazarde iu serĉos min, mi revenos post horo kaj duono.

La kabineto de Slava Angelova troviĝis sur la tria etaĝo de la redaktejo. Sur la pordo estis ŝildo: "Slava Angelova".

Silikov frapetis kaj malfermis la pordon. La kabineto estis malvasta, en ĝi – skribotablo kun komputilo, bretaro kun libroj kaj kafotablo kun du seĝoj. Slava Angelova sidis antaŭ la komputilo. Verŝajne tridek-kvin-jara, ne tre alta kun longa nigra hararo kaj malhelaj okuloj, ŝi surhavis ruĝan robon kaj brunkoloran kostuman jakon.

Kiam ŝi vidis Silikov, tuj staris kaj ekiris al li.

-Bonan tagon – diris ŝi. – Mi estas Slava Angelova.

-Pavel Silikov – prezentis sin la komisaro.

-Bonvolu – kaj Slava montris al li seĝon ĉe la kafotablo.

-Dankon. Vi estis kolegino de Maria Kirilova – komencis Silikov, kiam sidiĝis.

-Ne nur kolegino, sed tre bona amikino – diris Slava.

-Kiom da jaroj jam vi laboras ĉe "Telegrafo"?

-Tri jarojn. Kun Maria ni eklaboris ĉi tie en unu sama jaro.

-Vi estis iom pli aĝa ol ŝi, ĉu ne? – alrigardis ŝin Silikov.

-Jes. Mi estas tridek-kvin-jara – respondis Slava.

-Antaŭe kie vi laboris?

-En ĵurnalo "Popola Voĉo".

-Por mi la murdo de Maria estas granda mistero – diris Silikov. – Ŝia familia vivo estis senriproĉa. Maria ne havis sekretajn amrilatojn. Kun neniu ŝi konfliktis. Do, restis la sola supozo, ke oni murdis ŝin pro ŝia ĵurnalista agado. Tion tamen ni ankoraŭ ne povas pruvi. Ĉu laŭ vi Maria verkis artikolon, esploris iun gravan problemon aŭ eksciis sekreton pro kiu oni murdis ŝin?

-Ŝi ne verkis tian artikolon, nek sciis ian sekreton – respondis Slava.

-Io tamen provokis ŝian murdon…

-Mi ne scias – levis ŝultrojn ŝi.

-Strange. Vi estis amikinoj, ofte estis kune. Ĉu hazarde Maria ne diris al vi, ke iu minacas ŝin aŭ ŝi timiĝas de iu?

-Ne. Ŝi estis tre trankvila. Neniu minacis ŝin kaj ŝi ne havis kialon timiĝi.

-Bone. Okazas, ke ĉio estas en ordo, trankvile, normale kaj finfine iun vesperon subite aperas iu, kiu pafmortigas ŝin, sen kialo, sen motivo. Ĝis nun mi ne havis similan kazon. Tamen mi rimarkis ion kaj mi deziras demandi vin pri ĝi.

-Kio ĝi estas? – scivole fiksrigardis lin Slava.

-Mi trafoliumis la numerojn de "Telegrafo" kaj mi vidis, ke antaŭnelonge Maria kaj vi verkis kaj aperigis artikolon pri narkotaĵobaronoj kun titolo "La narkotaĵobaronoj en ofensivo". En ĝi vi klare diras, ke en la centro de la giganta negoco kun narkotaĵoj estas konataj politikistoj, deputitoj, ministroj. Vi skribas, ke vi daŭrigos la esplorojn pri la narkotaĵonegoco kaj baldaŭ anoncos la nomojn de la gravaj personoj, kiuj partoprenas en ĝi. Ĉu vi daŭrigis la esplorojn?

-Ne – respondis Slava.

-Kial?

-Mi ne havis tempon. Mi verkis aliajn artikolojn.

-Sed ĉu la faktoj en la artikolo, kiujn vi prezentas estas fidindaj kaj veraj? – demandis Silikov.

-Kompreneble!

-Kial vi estas tiel certa?

-Mi havas fidindajn informantojn! – deklaris Slava.

-Kaj kiuj ili estas?

-Vi tre bone scias, ke la ĵurnalistoj neniam denuncas siajn informantojn.

-Sed diru sincere, ĉu oni ne minacis vin post la apero de la artikolo – demandis Silikov.

-Ne.

-Tamen ĉu vi ne timiĝis, kiam vi verkis kaj aperigis ĝin?

-Verŝajne vi bone scias la proverbon, ke tiu, kiu timas urson, ne iru en la arbaron – ekridetis ironie Slava.

-Mi scias la proverbon kaj mi komprenas, ke vi estas kuraĝa virino – konstatis Silikov.

-Povas esti.
-Kiamaniere vi verkis kun Maria la artikolon?
-Ni kune faris la esplorojn.
-Kiel?
-Ni renkontiĝis kun diversaj personoj kaj parolis kun ili. Estis eĉ momentoj, kiam ni prezentis nin kiel narkotulinojn kaj ni sukcesis sekrete filmi la renkontiĝojn kaj la konversaciojn.
-Jes, vi ambaŭ estis tre kuraĝaj.
-Ni estas ĵurnalistinoj – la konscio de la socio, kaj ni montras la negativajn flankojn de la socio. Vi, kiel policano, tre bone scias, ke pluraj junaj homoj suferas pro la vasta disvastigo de la narkotaĵoj kaj pluraj aliaj dank' al narkotaĵonegoco iĝis tre riĉaj –diris Slava.
-Mi komprenas vin, sed mi ne komprenas kial neniu reagis al via artikolo. Ja, ĝi rilatis gravajn personojn.
Slava nenion respondis.
-Se ne estas aliaj demandoj, mi petas pardonon, sed mi havas urĝan laboron – diris ŝi.
-Eble urĝas daŭrigi la artikolon pri la narkotaĵonegoco – aldonis ironie Silikov.
-Ĝis revido – diris Slava kaj ekstaris de la seĝo.

Sur la strato Silikov meditis pri la konversacio. Estis klare, ke Slava tre multe scias pri Maria, pri ŝia ĵurnalista agado, sed ŝi preskaŭ nenion diris. Estis momentoj, kiam Silikov nervoziĝis, sed li ne povis devigi Slava-n paroli. De la konversacio tamen li komprenis ion tre gravan. Slava kaj Maria okupiĝis pri la narkotaĵonegoca problemo, kiu estas tre danĝera. Ja, ne estas sekreto, ke tiu ĉi negoco certigas multe da mono kaj en ĝi partoprenas reprezentantoj de diversaj sociaj tavoloj. Slava kaj Maria certe eksciis multajn nomojn kaj kiel la narkotaĵo trapasas la landlimojn, kiuj mendas ĝin, kiuj vendas ĝin kaj poste kiuj kolektas la monon. Verŝajne iuj ekinteresiĝis kion scias Slava kaj Maria kaj serĉis ilin, tamen Slava ne deziris diri tion. Maria mortis, sed Silikov certis, ke

Slava daŭrigos malplekti la reton de la narkotaĵonegoco. Li bone komprenis, ke ŝi apartenas al tiuj ĵurnalistoj, kiuj similas al ĉashundoj. Se foje ili ekflaris la spurojn, ili ne haltas ĝis kaptos la ĉasaĵon. Certe Slava sentas, ke ŝi havos la sorton de Maria, tamen ne emas rezigni. "Ni devas observi Slava-n kaj savi ŝin, ĉar verŝajne nun aliaj observas ŝin, diris al si mem Silikov."

12.

Je la kvina horo posttagmeze Slava eliris el la redaktejo. Ŝi loĝis en kvartalo "Norda Lago", kiu estis malproksime de la urba centro kaj kutimis iri al la laborejo kaj reveni aŭte. Ŝi havis malgrandan "Peĵo", kiun ŝi ŝatis, ĉar por la trafiko en la granda urbo ĝi estis tre oportuna.

Kiam Slava ekiris el la parkejo de la redaktejo, ŝi rimarkis, ke alia aŭto, nigra "Ford" ekveturis post ŝi. Slava opiniis, ke tio okazis hazarde, sed dum la tuta vojo "Ford" veturis post ŝia aŭto. Por estis certa, ke oni vere sekvas ŝin, Slava haltis antaŭ granda vendejo en la loĝkvartalo. Ŝi parkis la aŭton, eliris kaj eniris la vendejon. "Ford" same parkis je dudek metroj de ŝia aŭto. La ŝoforo de "Ford" ne eliris el ĝi, sed restis en la aŭto.

Slava aĉetis panon, buteron, salamon. Ŝi ne tre bezonis tiujn ĉi produktojn, sed se ŝi jam estis en la vendejo, ŝi devis ion aĉeti. Kiam ŝi eliris, ĉirkaŭrigardis, sed ne vidis la nigran "Ford". Ĝi ne plu estis tie, kie parkis.

Maltrankvila Slava revenis hejmen. Ŝia edzo, Toni, estis en la kuirejo kaj tranĉis legomojn por la vespermanĝa salato.

-Kio okazis? – demandis li, kiam vidis ŝin.

-Kio? – alrigardis lin Slava.

-Vi aspektas strange – diris Toni.

Slava ne deziris rakonti al li pri la nigra "Ford", kiu sekvis ŝin.

-Vi estas maltrankvila, diru – insistis la edzo.

-Bone – konsentis Slava. – Kiam mi ekveturis de la redaktejo nigra aŭto sekvis min.

-Ĉu?

En la rigardo de Toni Slava rimarkis skeptikemon, kiu ofendis ŝin kaj ŝi jam bedaŭris, ke menciis al li pri la sekvo.

-Vi ne kredas, sed oni sekvis min ĝis la vendejo. Mi eniris, aĉetis nutraĵojn kaj kiam mi eliris la aŭto ne plu estis sur la parkejo.

-Ĉu vi ne imagas?

-Tute ne. Mi certas, ke oni sekvis min – ripetis Slava.

-Vi jam estas tre laca. Vi bezonas ripozon. Via ĵurnalista laboro ege lacigas vin. Ĉiam vi rapidas. Vi havas limdatojn, devas je ĝusta tempo pretigi ĉu artikolon, ĉu intervjuon. Vi kuras kaj mi preskaŭ ne vidas vin hejme.

-Jes, tia estas mia laboro, mi ŝatas ĝin. Mi ne povas fari ian trankvilan, silentan laboron kiel vi.

Toni estis inĝeniero en granda uzino por prilaboro de metaloj kaj lia ĉefa okupo estis invento de novaj maŝinoj aŭ mekanismoj, kiuj faciligas kaj rapidigas la laborproceson. Ofte Slava mire rigardis lin, kiam li dum horoj sidis ĉe la skribotablo, antaŭ la komputilo, desegnis ion aŭ kalkulis ion. Slava ne havis lian paciencon. Ŝi preferis kuri de evento al evento, konversacii, demandi, esplori kaj poste verki.

-Tamen mi vidas, ke via laboro estas ne nur streĉa, sed danĝera – diris Toni malrapide.

-Kion vi deziras diri?

Slava levis kapon kaj fiksrigardis lin. En ŝiaj malhelaj, kiel ĉerizoj, okuloj denove aperis maltrankvilo, kiun Toni vidis, kiam ŝi eniris la loĝejon.

-Antaŭ via alveno dufoje sonoris la telefono kaj vira voĉo serĉis vin. Kiam mi demandis lin, kiu li estas, li ne respondis. Same okazis antaŭ semajno, sed tiam mi ne diris al vi.

-Ja, vi ne kredas, ke mi havas amanton, ĉu ne – ekridetis Slava.

-Ne, sed nun, kiam vi diris pri la aŭto, kiu sekvis vin, al mi ŝajnas, ke tiuj telefonalvokoj vere estas maltrankviligaj.

Slava silentis. Ŝi malrapide sidiĝis ĉe la tablo kaj diris:

-Bonvolu sidiĝi. Mi devas rakonti ion al vi. Ĝis nun mi ne diris tion, sed nun mi devas rakonti ĉion, por ke vi sciu.

-Bone – kapjesis Toni kaj sidiĝis kontraŭ ŝi.

-Vi scias kiom da problemoj ni havis kun Emil, la filo, kiu estis narkotulo.

Antaŭ jaro Toni kaj Slava surprize eksciis, ke Emil estas narkotulo. Tiam ilia vivo iĝis terura kaj ili provis ĉion por malalkutimigi lin de la narkotaĵoj. Unue ili enskribis Emil en alian lernejon, malpermesis al li renkontiĝi kun la malnovaj amikoj. Slava sukcesis aranĝi ĉe la plej bonaj kuracistoj terapion por Emil. Plurajn noktojn ŝi ne dormis kaj travivis la plej grandan koŝmaron en la vivo.

-Tiam mi decidis iel helpi al aliaj patrinoj, kies gefiloj same estas narkotuloj.

-Kiel? – demandis Toni.

-Kun Maria, mia kolegino, ni komencis esplori la narkotaĵonegocon.

-Vi ne estis normalaj! – indignis Toni kaj pro la incito iom ekkriis.

-Jes, ni ne estis normalaj. Vi pravas. Dum kelkaj semajnoj ni renkontiĝis kun narkotuloj, ni ŝajnigis, ke ni same estas narkotulinoj. Ni trovis junulon, kiu detale rakontis kaj klarigis al ni la tutan skemon laŭ kiu la narkotaĵoj eniras la landon kaj estas vendataj ĉi tie. Ni verkis artikolon.

-Dio mia! – ne kredis Toni.

-Post la apero de tiu ĉi artikolo oni komencis minaci min telefone.

-Jes, nun mi komprenas – diris Toni.

-Mi tamen al neniu diris, ĉar mi supozis, ke la minacoj estas nur por timigi min.

-Vi vere estas freneza.
-Verŝajne oni minacis same Maria-n, sed ŝi ne diris al mi.
-Nekredeble.
-Jes. Oni pafmortigis Maria-n. Ne ŝin, min oni deziris pafmortigi! – diris Slava kaj ekploris.
-Slava! Kion vi parolas!
-La artikolo vere ege kolerigis iujn personojn!
-Certe!
-Hodiaŭ en la redaktejo estis komisaro el la polico kaj pridemandis min pri la artikolo kaj la narkotaĵonegoco. Mi nenion diris al li, ĉar mi ne scias je kia flanko li estas. Ja, Maria kaj mi konstatis, ke pri la narkotaĵonegoco okupiĝas politikistoj, deputitoj, ministroj eĉ policanoj.
-Slava, en kia kaĉo vi enmiksiĝis!
-Mi ne supozis, ke ni ekbruligos tian grandan fajron.
-Vi devas tuj telefoni al la komisaro kaj ĉion rakonti al li.
-Sed mi ne scias ĉu mi povas fidi lin.
-Slava. Ni devas trovi solvon de tiu ĉi terura problemo.
Subite eksonis la telefono.
-Nun mi levos la aŭskultilon – diris Slava.
Ŝi iris al la telefonaparato kaj levis la aŭskultilon.
-Halo – diris Slava. – Halo – ripetis ŝi kaj kolere remetis la aŭskultilon.
-Kiu estis? – demandis Toni.
-Iu nur silentis kaj nenion diris – respondis Slava.
-Mi vidas, ke la situacio estas danĝera. Morgaŭ vi tuj telefonu al la komisaro kaj rakontu ĉion al li.
Slava rigardis Toni-on kaj kvazaŭ al si mem diris:
-Oni ne timigos min! Mi ne rajtas timiĝi!
-Slava, tre fortajn vortojn vi diris. Pensu pri via vivo. Vidu kio okazis al Maria.
Toni bone konis Salvan. Jam de la edziĝo ŝi estis tia. Toni naskiĝis kaj loĝis en malgranda vilaĝo. Liaj gepatroj estis

ordinaraj vilaĝanoj, kiuj okupiĝis pri terkultivado. Toni ŝatis lerni kaj estis diligenta lernanto. Li finis gimnazion en la urbo kaj poste iĝis studento en Maŝinteknika Universitato. Kiam li estis studento, li entute dediĉis sin al la lernado, sed lia onklino, kuzino de lia patrino, en kies loĝejo li loĝis en la urbo, deziris nepre trovi al li edzinon. Onklino Neda estis sperta svatantino kaj ŝi sukcesis konvinki Toni-on, ke ili gastu ĉe ŝia amikino, kiu havis belan filinon.

-Ni gastos ĉe ili – diris onklino Neda al Toni – kaj vi vidos kiel bela estas ilia filino Slava. Vi nepre plaĉos al ŝi, ĉar vi estas modesta simpatia junulo.

-Sed onjo Neda, mi estas vilaĝano. Slava naskiĝis kaj loĝas en granda urbo kaj ŝi eĉ ne alrigardos min.

-Ne parolu tiel. Ne gravas ĉu vi estas vilaĝano aŭ urbano, gravas, ke vi estas bonmora kaj saĝa junulo.

Kelkfoje onklino Neda planis la gastadon ĉe la familio de Slava, sed Toni ĉiam trovis kialon por ne iri. Li diris, ke devas lerni aŭ havas lekciojn aŭ nepre devas renkontiĝi kun sia kolego. Finfine onklino Neda sukcesis konvinki lin kaj ili iris.

La familio de Slava loĝis en granda moderna domo en unu el la plej belaj kvartaloj de la urbo, kie estis ĝardenaj domoj kun multaj arboj, floroj kaj abunda verdaĵo. La patro de Slava estis estro de entrepreno kaj la patrino – apotekistino. Ili invitis onklinon Neda kaj Toni en vastan sunan gastoĉambron kun modernaj mebloj, granda televidilo, dika persa tapiŝo kaj masivaj foteloj. La patrino de Slava regalis ilin per torto kaj kafo. Toni tre malbone fartis, ĉar sciis, ke la gepatroj de Slava atente observas lin.

Toni silentis, parolis onklino Neda kaj la patrino de Slava, kiuj iam estis koleginoj. Slava aperis en la gastoĉambro por kelkaj minutoj, konatiĝis kun Toni kaj eliris. Li eĉ ne sukcesis bone vidi ŝin. Tamen evidentiĝis, ke Slava pli bone rigardis lin kaj verŝajne Toni plaĉis al ŝi. Ja, li estis svelta, alta kun mola kiel veluro hararo kaj migdalsimilaj okuloj. Post semajno Slava telefonis al Toni kaj diris, ke ŝi havas du biletojn por teatro kaj ŝatus, ke ili kune spektu la teatraĵon.

Post tiu ĉi unua renkontiĝo ili komencis pli ofte esti kune kaj iel nesenteble edziniĝis. Jam tiam Slava estis memstara kaj obstina. Post la edziĝfesto ŝi deklaris, ke ili ne loĝos en la domo de ŝiaj gepatroj. Ŝi deziras, ke kun Toni havu propran loĝejon kaj kelkajn jarojn ili luis loĝejon en nova kvartalo de la urbo. Unu jaron post la edziĝo naskiĝis Emil. Li estis bona infano, tamen en la gimnazio li iĝis narkotulo. Toni ne komprenis kiel okazis tio. Ĉu Emil estis kun malbonaj amikoj kaj ili allogis lin al la narkotaĵoj. Dum jaro li kaj Slava havis grandan problemon, sed Slava sukcesis helpi Emil-on kaj li ne plu estas narkotulo.

Nun tamen aperis alia problemo. Slava verkis artikolon pri la narkotaĵonegoco kaj kolerigis la narkotaĵobaronojn. Toni ektimis, ke io terura okazos al Slava. Li tute ne povis kompreni ŝian emon okupiĝi pri danĝeraj problemoj. Plurfoje li provis klarigi al ŝi, ke ŝiaj artikoloj nenion helpas kaj per ili ŝi ne povas savi la mondon, tamen Slava estis spitema kaj ne ĉesis okupiĝi pri danĝeraj problemoj.

13.

En la kabineto de Silikov estis la tuta esplorgrupo, kiu laboris pri la murdo de Maria Kirilova. Ĉe la longa tablo sidis serĝentoj Mikov kaj Kalev, specialisto pri la spuroj – David Bonev kaj la kuracisto, doktoro Milan Hristov. Silikov estis staranta. Li alrigardis la ĉeestantojn kaj malrapide komencis:

-Kolegoj, ni ankoraŭ ne povas diveni la kialon pri la murdo de Maria Kirilova. Kaj mi, kaj la serĝentoj Kalev kaj Mikov pridemandis la parencojn kaj la kolegojn de Kirilova, sed nenion konkretan ni eksciis. Evidentiĝis, ke ŝi ne havis malamikojn. Maria Kirilova estis honesta edzino, bona patrino kaj estimata kolegino. Tamen mi supozas, ke eble ŝia ĵurnalista agado estas la kialo de ŝia murdo. Vi bone scias, ke nun la ĵurnalistoj estas tre aktivaj. Ili esploras la fiaferojn de altrangaj personoj kaj pruvas iliajn deliktojn. En ĵurnalo "Telegrafo" mi tralegis artikolon, verkitan de Maria Kirilova kaj Slava Angelova. Temas pri la narkotaĵonegoco. Ĉiuj ni bone scias, ke ĝi certigas grandajn monsumojn. Maria Kirilova kaj Slava Angelova verŝajne eksciis la nomojn de gravaj personoj, ligitaj al tiu ĉi negoco kaj ambaŭ pretis aperigi en la ĵurnalo iliajn nomojn. La logiko estas, ke al iu ne plaĉis tio kaj li decidis fermi la buŝojn de Maria Kirilova kaj de Slava Angelova. Maria mortis, sed Slava Angelova ankoraŭ estas viva kaj mi supozas, ke ŝi estos la sekva viktimo.

Ĉiuj atente alrigardis Silikov.

-Mi proponas, ke la serĝentoj Kalev kaj Mikov organizu sekvon de Slava Angelova. Tiel ni sukcesos gardi ŝin kaj verŝajne eksciosj kiu estas la murdisto de Maria. Ĉu vi komprenis, serĝentoj Mikov kaj Kalev.

-Jes – respondis ambaŭ serĝentoj.

-La sekvo ne estos oficiala kaj leĝa – daŭrigis Silikov. - Ĝi estu tre diskreta. Neniu rimarku, ke vi sekvas ŝin, nek ŝi, nek iu alia, ĉar mi opinias, ke aliaj same sekvos ŝin.

-Ni komprenas, sinjoro komisaro – diris Kalev.

-Estas malfacila tasko, sed dum kelkaj tagoj ni devas fari tion kaj vidi ĉu iuj aliaj ne sekvas ŝin.

-Jes – diris denove la serĝentoj.

-La ĉefredaktoro de "Telegrafo" sciigos al vi detalojn pri Slava Angelova: kie ŝi loĝas, kiam ŝi venas matene en la redaktejon kaj tiel plu.

-Jes.

-Ĉiun tagon vi raportu persone al mi pri la plenumo de la tasko. Kaj ne forgesu, tre atente, ŝia vivo estas en danĝero.

-Ni plenumos la taskon, sinjoro komisaro – diris Kalev.

-Mi ne dubas – alrigardis lin Silikov. – Kolegoj, ĉu vi deziras aldoni ion, rilate la esploron de la murdo, ĉu vi havas demandojn?

Neniu el ĉeestantoj ion diris.

-Bone – konkludis Silikov. – Ni daŭrigu la laboron kaj post du tagoj ni denove pritraktos la problemojn.

Ĉiuj ekstaris de la seĝoj kaj eliris el la kabineto de la komisaro.

Silikov komencis trafoliumi la hodiaŭan "Telegrafo" kaj atente legi la titolojn de la artikoloj. En la hodiaŭa numero same ne estis artikolo pri la narkotaĵonegoco kaj la narkotaĵobaronoj. En la antaŭa artikolo Slava Angelov promesis, ke baldaŭ ŝi verkos novan artikolon, en kiu listigos la nomojn de politikistoj, deputitoj, ministroj, ligitaj al la narkotaĵonegoco. "Ĉu ŝi timiĝis, demandis sin Silikov." Kiam li konversaciis kun ŝi, ŝi montris sin tre kuraĝa kaj firme deklaris, ke verkos la daŭrigon de la artikolo kaj senmaskigos ĉiujn famajn personojn, kiuj okupiĝas pri tiu ĉi negoco. Povas esti, ke la ĉefredaktoro ne permesis la aperigon de la artikolo, meditis Silikov.

Kiam Silikov konversaciis kun Miroslav Delev, Delev ne menciis, ke Maria Kirilova kaj Slava Angeliova verkis tiklan artikolon pri la narkotaĵoj. Delev certe bonege sciis pri tiu ĉi artikolo, sed li provis dormigi la atenton de Silikov kaj diris, ke la ĵurnalista agado de Maria Kirilova estas rutina. Li emfazis, ke Maria verkis nur artikolojn, ligitajn al socialaj problemoj. Eble Delev tute ne sciis kaj ne supozis, ke Maria kaj Slava esploras la narkotaĵonegocon. Certe ili ne informis Delev kaj aperigis la artikolon malantaŭ lia dorso. Verŝajne kiam li vidis la artikolon, li koleriĝis, sed nenion povis fari. Ĝi jam estis aperigita.

Hieraŭ Slava diris, ke neniu minacis ŝin, sed Silikov tute ne kredis tion. Li estis certa, ke oni minacis Slava-n kaj nun li scivolis aŭdi la raporton de Kalev pri tio. Sendube Slava estis en danĝero. Ŝi eniris la groton de la monstro kaj certe ne eliros el ĝi viva. Nun dank' al la artikolo kaj dank' al Slava la polico povos kapti ne nur tiujn, kiuj minacas ŝin, sed same la murdiston de Maria. Silikov bone konsciis, ke la polico kaptos la ulojn, kiuj minacas Slava-n, sed verŝajne neniam kaptos la narkotaĵobaronojn. Ja, ili okupas altajn postenojn en la ŝtata administracio, en la politiko kaj ĉiam estas netuŝeblaj.

 Ĝuste je la dek-dua horo Silikov eliris el la policejo por tagmanĝi. Hodiaŭ la vetero estis bona. Blovis malvarmeta vento kaj la suno brilis. Ne estis nuboj, la urbo aspektis iel gaja kaj festa. Sur la stratoj videblis multaj homoj, kiuj rapidis, obseditaj de siaj problemoj kaj taskoj. Silikov tamen paŝis malrapide, ĝuante la tagmezan sunon, la freŝan aeron kaj rigardis la montrofenestrojn sur la strato. En ili estis modaj vestoj, ŝuoj, komputiloj, fotiloj, televidiloj... Delonge li ne estis en iu vendejo kaj delonge nenion aĉetis. Somere, dum la ferio, li planis ekskurson kun Rita en Egiptio kaj devis aĉeti bonan fotilon por fari tie multajn fotojn.

 Kiam li estis lernanto tre ŝatis foti. Tiam li havis malnovan rusan fotilon, sed per ĝi faris bonajn fotojn kaj oni diris, ke li havas talenton foti. Jam tiam li spertis kapti interesajn momentojn aŭ belajn pejzaĝojn.

 Fojfoje Silikov tagmanĝis en la klubejo de la ĵurnalistoj. Tie estis restoracio, en kiu oni servis bongustajn manĝaĵojn. Tie kutimis tagmanĝi Ljuben Kerelezov, la ĵurnalisto, kaj Silikov supozis, ke renkontos lin hodiaŭ.

 La restoracio estis granda kun pluraj tabloj kaj kiam Silikov eniris, li tuj ekflaris la aromon de bongustaj manĝaĵoj. Ĉe kelkaj tabloj jam estis homoj, kiuj tagmanĝis. Li ĉirkaŭrigardis, rimarkis Kerelezov, kiu estis sola ĉe tablo en la angulo de la restoracio, proksimiĝis kaj afable salutis lin:

-Bonan tagon, Kerelezov, kaj bonan apetiton.

-Ho, komisaro, - levis kapon Kerelezov - ĉiam vi aperas tute neatendite.

-Jes, kompreneble – ekridetis Silikov – tial mi estas policano por aperi ĉiam neatendite.

-Ĉu vi venis tagmanĝi?

-Jes. Vi scias, ke de tempo al tempo mi tagmanĝas ĉi tie. Plaĉas al mi la manĝajoj. Ĉu vi permesas, ke mi sidiĝu ĉe vi? – demandis Silikov.

-Bonvolu – diris Kerelezov.

Silikov sidiĝis kaj tuj al la tablo venis la kelnero.

Silikov alrigardis la manĝoliston kaj mendis legoman supon, rostitan porkan viandon kun frititaj terpomoj.

-Ĉu vi trovis la murdiston de Maria Kirilova? – demandis Kerelezov.

-Ankoraŭ ne – respondis Silikov. – Evidentiĝis, ke ne estas facile. Mankas spuroj, atestantoj kaj klaraj la motivoj. Mi tamen eksciis, ke vi tre bone konis Maria-n. Vi amindumis ŝin.

-Jes, ni estis samklasanoj en la gimnazio kaj poste samstudentoj en la universitato – diris iom ĝene Ljuben.

-Ĉu post jaroj vi ne renovigis vian amon unu al alia? – demandis Silikov.

-Certe vi ŝercas, komisaro.

-Serioze mi parolas. Povas esti, ke vi renovigis viajn rilatojn kaj la edzo de Maria eksciis tion. Komprenble tio estas nur supozo – ekridetis Silikov.

-Via laboro estas tre komplika, vi esploras eĉ la intiman vivon de la viktimoj –diris la ĵurnalisto.

-Komplika kaj ampleksa. Ni devas pridemandi plurajn personojn, kiuj konis Maria-n Kirilova-n. Mi konversaciis kun Slava Angelova, ŝia kolegina kaj bona amikino. Ŝi menciis, ke antaŭe laboris en ĵurnalo "Popola Voĉo", en kiu vi laboras. Ĉu vi konas ŝin?

-Komprenble – tuj diris Kerelezov. – Ni kune laboris tri jarojn. Slava estas tre bona ĵurnalistino, kiu ĉiam provokas skandalojn.

-Ĉu? – alrigardis lin Silikov.

-Oni maldungis ŝin de "Popola Voĉo".

-Tion mi ne sciis – diris Silikov – kaj kial oni maldungis ŝin?

-Slava aperigis en "Popola Voĉo" tre kritikan artikolon pri la ministro de la sanprotektado, en kiu publikigis, ke la ministro mendis el eksterlando vakcinojn, kiuj ne estis taŭgaj. Do, temis pri granda korupto kaj la ministro gajnis bonan sumon. La artikolo vekis bruan skandalon. Post ĝia apero la ministro proponis sian eksiĝon kaj la ĉefministro tuj eksigis lin, sed la ĉefredaktoro de "Popola Voĉo" maldungis Slava-n Angelova-n. Eble vi memoras tiun ĉi skandalon? – demandis Kerelezov.

-Jes – diris Silikov. – Nun mi komprenas kial la nomo de Slava Angelova estis konata al mi.

-Slava Angelova emas esplori la korupton de la oficistoj en la ŝtata administracio, kio tute ne plaĉas al la registaro. La ĉefredaktoroj de la ĵurnaloj same ne ŝatas ŝin, ĉar ŝi kaŭzas al ili problemojn. Ŝajnas al mi, ke ŝi ne longe plu laboros ĉe "Telegrafo".

-Ĉu hazarde vi scias konkretan kialon pro kio oni maldungos ŝin de "Telegrafo"? – demandis Silikov.

-Ne, sed mi certas, ke ŝi baldaŭ trovos alian skandalon.

Kerelezov finis la tagmanĝon kaj diris al Silikov:

-Pardonu min, sed mi devas tuj foriri. Estas gazetara konferenco en la Ministerio pri transporto kaj mi devas nepre ĉeesti.

-Vi ne malfruiĝu. Ĝis revido – diris Silikov.

-Mi esperas, ke baldaŭ ni denove renkontiĝos kaj ni havos pli da tempo babili kaj klaĉi – ekridetis Kerelezov kaj ekrapidis al la pordo de la restoracio.

Silikov admiris lian energion. Kerelezov ĉiam rapidis kaj ĉiam sukcesis ĝustatempe esti tie, kie okazas io grava. Kiam li trovas tempon verki artikolojn, demandis sin Silikov. Oni ofte sendis Kerelezov eksterlanden kaj certe ankoraŭ ne ekzistis eŭropa lando, en kiu li ne estis.

Silikov opiniis, ke li mem neniam povus esti ĵurnalisto. Ne plaĉis al li simila streĉa laboro. Li estis persono, kiu ŝatis atente pripensi situacion, analizi ĉiujn detalojn kaj nur poste agi. Eble tial la detektiva laboro logis lin.

14.

La kafejo "Ali-Babo" havis tre malbonan gloron. Antaŭ du jaroj, en aprilo, en ĝi estis pafmurdita Janko Karateisto, kiu estis ano de tielnomata asekura bando. Membroj de tiu ĉi bando estis ĉefe estintaj junaj sportistoj, kiuj perforte devigis posedantojn de restoracioj, kafejoj, vendejoj mendi asekurojn ĉe asekurfirmao de la bando. Se iuj el la posedantoj ne mendis asekuron en la firmao de la bando, iliaj restoracioj, kafejoj aŭ vendejoj estis bruligitaj kaj poste neniu sciis kiu kaŭzis la incendion.

Janko Karateisto estis aktiva ano de tiu ĉi bando. En iu aprila tago, antaŭtagmeze, li estis en kafejo "Ali-Babo" kun du amikoj. Ili trankvile trinkis kafon kaj babilis, kiam en la kafejon eniris ebria junulo, kiu iris de tablo al tablo, falis, stariĝis kaj denove ekiris. Oni rigardis lin. Iuj ridis kaj primokis lin, sed kiam la ebria ulo proksimiĝis al la tablo, ĉe kiu sidis Janko Karateisto, li trankvile prenis pistolon kaj pafis en la kapon de Janko. Evidentiĝis, ke la junulo nur ŝajnigis ebrion. Post la mortpafo li forkuris de la kafejo kaj neniu povis diri kiu li estis kaj kiel li aspektis. Tiel mortis Janko Karateisto, kiu estis fama, ĉar igis tre multajn personojn mendi asekuron ĉe la firmao de la bando.

En kafejo "Ali-Babo" daŭre kolektiĝis gejunuloj kaj multaj el ili estis estintaj sportistoj. Hodiaŭ antaŭtagmeze Dako devis renkontiĝi kun Riko ĉi tie. Estis la deka horo, kiam Dako eniris la kafejon. Ĉe la tabloj estis nur kelkaj personoj. Iujn el ili Dako konis kaj supraĵe salutis ilin.

La kafejo estis tre luksa, kun tabloj, kiuj havis marmorajn platojn, kun pluŝaj pezaj kurtenoj kaj bildoj sur la muroj, pejzaĝoj el diversaj arabaj landoj. La posedanto, same estinta sportisto, luktisto, iama eŭropa ĉampiono, deziris, ke la kafejo havu orientan etoson, sed la interno ne tre plaĉis al Dako. Li sidiĝis ĉe unu el la tabloj, mendis kafon kaj atendis. Li sciis, ke Riko aperos precize je la deka kaj dek minutoj, sed antaŭe en la kafejon eniros liaj gardistoj.

Ĝuste je la deka kaj dek minutoj eniris la gardistoj. Dako bone konis ilin. La unua estis preskaŭ du metrojn alta kun vizaĝo, simila al ursa buŝego kaj korpo kiel metala ŝranko. La alia - malalta, sed oni tuj rimarkus, ke li estas tre energia kaj verŝajne se okazos io, li saltus kiel pantero. Li havis etajn ruzajn okulojn, kiuj konstante moviĝis dekstren kaj maldekstren kaj estis klare, ke li ĉion rimarkas, eĉ la plej etajn detalojn.

La gardistoj iom promenis en la kafejo kaj sidis ĉe du diversaj tabloj. La ulo kun la ursa buŝego sidis proksime al la pordo kaj la alia kun la ruzaj okuletoj – ĉe la tablo, kiu estis proksime al Dako. Riko eniris la kafejon kaj verŝajne neniu rimarkis lin. Li ĉiam estis tre modeste vestita, paŝis malrapide, lia rigardo aspektis bonintenca kaj neniu, kiu ne konis lin, supozis, ke li estas riĉulo, homo, kiu posedas multe da mono.

Riko sidiĝis ĉe la tablo, ĉe Dako kaj demandis:

-Ĉu vi fartas bone?

Tio signifis: "Ĉu hazarde vi ne havas problemojn kun la polico." Kiam Dako respondis: "tre bone", Riko fiksrigardis lin kaj Dako tuj komprenis, ke io ne estas en ordo. Post longa minuto Riko tre mallaŭte eksiblis:

-Vi ne mortpafis tiun, kiun vi devis mortpafi.

Aŭdinte tiun ĉi frazon, Dako preskaŭ saltis de la seĝo. Li ĉion atendis, sed nur ne tion.

-Kiel eblas? – demandis li.

-Eblas – diris mallaŭte Riko.

-Sed vi montris al mi foton ĝuste de la virino, kiun mi devis mortpafi.

-Jes – diris Riko – tamen iu eraris.

-Kiu?

-Ne demandu! – avertis lin Riko.

-Kaj nun?

-Vi ricevos novajn instrukciojn – denove sible diris Riko.

-Kiam mi ricevos la alian duonon de la mono? – demandis li.

-Provizore vi ne ricevos ĝin – diris Riko.

-Sed kial. Ja, mi finis la laboron kaj tute ne interesas min, ke vi montris al mi foton de alia virino.

-Mi klare diris – ripetis Riko.

-Tamen mi bezonas ĉi-monon. Mi plenumis la laboron, mi ricevu ĝin.

-Ne! – diris Riko.

-Min ne interesas kiu eraris. Vi dungis min, vi devas pagi al mi – koleriĝis Dako.

Riko nenion diris. Li ekstaris kaj ekiris al la pordo. La gardistoj rapide iris post li. Dako restis ĉe la tablo kaj ne sciis kion fari. Tio unuan fojon okazis al li. Ĝis nun li perfekte plenumis la taskojn, ricevis la monon, sed nun iu eraris kaj li pafmurdis alian virinon, kiu verŝajne estis senkulpa. Dako koleriĝis ne pro la eraro, sed pro tio, ke Riko ne pagis al li. Li sentis sin profunde ofendita. Al si mem li diris: "Neniu rajtas ludi kun Dako. Baldaŭ ili vidos kiu estas Dako kaj ege vi bedaŭros."

Li vokis la kelnerinon kaj mendis du konjakojn. Kiam li estis nervoza, li emis drinki, drinki multe por subpremi la nervozecon. Unuaj glutoj kutime iom trankviligas lin, sed poste li iĝas pli violenta kaj tiam neniu devas aperi antaŭ li, ĉar li povas mortigi lin.

La kelnerino alportis du glasojn da konjako kaj metis ilin sur la tablon antaŭ Dako. Iom da tempo li fiksrigardis ilin, poste etendis brakon, prenis unu el la glasoj, levis ĝin al la lipoj kaj fortrinkis la konjakon je unu spiro. Minuton li restis senmova, kvazaŭ atendis, ke io okazos. Subite antaŭ liaj okuloj aperis silueto de juna virino kun longaj nigraj haroj, vestita en helverda pluvmantelo. Ŝi proksimiĝis al li, ŝiaj okuloj fiksrigardis lin kaj kvazaŭ demandis: "Kial? Kion mi faris al vi?"

Dako haste apogis dorson al la seĝapogilo kaj freneze ekkriis: "Ne!" Ĉiuj en la kafejo alrigardis lin. Iuj supozis, ke li estas freneza, aliaj opiniis, ke li ne bone fartas kaj rigardis lin kompateme. Dako vokis la kelnerinon, pagis la du konjakojn, sen trinki la duan, kaj rapide forlasis la kafejon.

Li marŝis sur la strato kaj sola frazo ŝvebis en lia menso: "Mi estas sangavida lupo, soleca sangavida lupo". Li trapasis piede la centron de la urbo kaj direktiĝis al la Ponto de la Komboj, kie proksime estis la bordeloj. Nun Dako bezonis paroli kun iu. Li ekiris sur straton "Oriono". Tuj dekstre estis "Gastejo Rozaj Sonĝoj". Li enris ĝin, direktiĝis al la kvina ĉambro kaj sen frapeti malfermis la pordon. Antaŭ li ekstaris Simona, nudpieda, vestita en mallonga verda robo.

-Ho, vi denove venis – ekridetis ŝi kaj ŝiaj sukcenkoloraj okuloj ekbriletis.

-Jes - diris li.

-Kiel vi fartas, kara mia? – demandis Simona, proksimiĝis kaj provis kisi lin.

Dako staris senmova, rigardis ŝin, deziris diri ion, sed ne sciis kiel komenci. Simona alrigardis lin.

-Kio okazis? Kial vi estas tia?

Dako ne respondis. Subite li turnis sin kaj foriris.

15.

Silikov estis en la kabineto. Aŭdiĝis frapeto ĉe la pordo.

-Bonvolu – diris Silikov.

Eniris serĝento Kalev.

-Bonan matenon, sinoro komisaro – salutis li.

-Bonan matenon. Kio okazis hieraŭ? – demandis Silikov.

-Kiel vi ordonis ni sekvis Slava-n Angelova-n. Preskaŭ dum la tuta tago ni observis ŝin. Matene ŝi iris al la redaktejo per sia aŭto. Ĝis tagmezo ŝi estis tie. Posttagmeze je la dekkvara horo ŝi eliris el la redaktejo kaj piediris al la librovendejo "Puŝkin".

-Ĉu al librovendejo? – alrigardis lin demande Silikov.

-Jes. En la librovendejo ŝi ekstaris ĉe la bretaro kun novaj libroj. Tie estis aliaj homoj, sed al Slava Angelova proksimiĝis junulo kaj mi rimarkis, ke li kaŝe donis al ŝi noteton.

-Ĉu iu alia ne sekvis ŝin?

-Ne. Ni estis tre atentemaj. Krom ni neniu alia sekvis ŝin.

-Kaj ŝi ne rimarkis vin?

-Ne. Kelkfoje ŝi turnis sin malantaŭen, sed ni estas certaj, ke ŝi ne rimarkis nin.

-Bone. Ĉu vi eksciis kiu estas la junulo, kiu donis al ŝi la noteton?

-Jes. Poste niaj kolegoj sekvis lin. Li loĝas sur strato "Oktobro", numero 14 kaj lia nomo estas Daniel Donev, konata narkotaĵodisvastiganto. Ĝis nun tamen la polico ne sukcesis kapti lin kun narkotaĵoj kaj tial li ne estas kondamnita.

-Ni nepre devas pridemandi lin – diris Silikov. – Iru al lia loĝejo kaj konduku lin ĉi tien.

-Jes.

Serĝento Kalev eliris el la kabineto de Silikov.

Strato "Oktobro", ne tre granda, estis en la norda parto de la urbo. Antaŭ la domo numero 14 haltis polica aŭto kaj el ĝi eliris serĝentoj Kalev kaj Mikov. Ili eniris la domon, ekiris al la dua etaĝo kaj sonoris ĉe la pordo de apartamento 25. Post minuto la pordo malfermiĝis kaj kontraŭ ili ekstaris Daniel Donev, dudek-kvin-jara, blondhara kun iom nebula rigardo. Kiam li vidis la policanojn, li surpriziĝis, provis reiri en la loĝejon kaj fermi la pordon, sed Mikov kaptis lin.

-Ne rapidu – diris Mikov. – Vi estas Daniel Donev.
-Jes – murmuris Daniel. – Kio okazis? Nenion mi faris.
-Vi devas veni kun ni en la policejon por enketo.
-Sed vi ne rajtas – provis protesti li.
-Ni rajtas kaj vi bone scias tion – diris Mikov.
-Ne kontraŭstaru, ĉar ni arestos vin – aldonis Kalev.
-Bone – konsentis Daniel. – Mi surmetos la jakon kaj venos.

Post minuto Daniel, Mikov kaj Kalev iris al la polica aŭto sur la straton.

Kalev raportis al komisaro Silikov, ke ili venigis Daniel-on.
-Bone – diris Silikov. – Li venu ĉi tien.
La serĝentoj eniris kun Danel en la kabineton de Silikov.
-Bonan venon – salutis lin la komisaro. – Vi ne konas min, sed mi jam bone konas vin. Ĵus mi tralegis vian dosieron. En ĝi oni skribas, ke vi okupiĝas pri narkotaĵodistribuado.
-Mi ne plu okupiĝas – deklaris Daniel.
-Tion diru al iu alia, ne al mi. Vi tamen estas ĉi tie ne pri tio. Mi deziras demandi vin pri io alia – diris Silikov.
Daniel alrigardis lin.
-Pri kio?
-De kiam vi konas la ĵurnalistinon Slava Angelova?
-Mi ne konas tian ĵurnalistinon kaj mi ne scias kiu ŝi estas.
-Bone pripensu. Ne rapidu – avertis lin Silikov.
-Mi pripensis. Mi ne konas ŝin.
-Vi ne konas ŝin, sed hieraŭ je la dek-kvara horo posttagmeze vi renkontiĝis kun ŝi en la librovendejo sur strato "Puŝkin" kaj vi donis al ŝi noteton.
-Tio ne estas vero. Hieraŭ mi ne estis en la librovendejo sur strato "Puŝkin" kaj al neniu mi donis noteton.
-Bone. Mi vokos ŝin ĉi tien kaj demandos ŝin.

Post ioma hezito Daniel diris:

-Jes. Mi renkontiĝis kun ŝi.

-Bonege, ke vi rememoris. De kiam vi konas Slava-n Angelova-n? – demandis Silikov.

-De plu ol unu jaro.

-Kaj kiel vi konatiĝis?

-Ŝia filo, Emil, estis narkotulo. Li diris al ŝi, ke aĉetas de mi la narkotaĵojn kaj ŝi venis al mi. Ŝi minacis min, ke denuncos min al la polico kaj ŝi havis nur unu kondiĉon, ke mi rakontu al ŝi ĉion, kion mi scias pri la distribuado de la narkotaĵoj. Ŝi promesis, ke nia konversacio estos sekreta kaj mi diris al ŝi ĉion, kion mi scias. Poste ni komencis ofte renkontiĝi kaj mi daŭrigis rakonti al ŝi pri narkotaĵoreto en la lando.

-Tre bone kaj hieraŭ kion vi donis al ŝi.

-Mi diris al ŝi, ke baldaŭ estos enportita en la landon nova narkotaĵosendaĵo – diris Daniel.

-Kiam ĝuste?

-Mi ankoraŭ ne scias, sed baldaŭ mi eksios tion.

-Mi esperas, ke vi ne forgesos informi nin – fiksrigardis lin Silikov. – Nun skribu ĉion, kion vi diris kaj kion vi scias pri narkotaĵodistribuado, pri la distribuantoj, kiujn vi konas.

Silikov donis al Daniel paperon kaj skribilon kaj li komencis skribi. Dum duonhoro Daniel diligente priskribis ĉion, kion li scias pri narkotaĵodistribuado.

-Mi finis la skribadon – diris li al Silikov.

-Bone, subskribu vi.

Silikov prenis la foliojn kaj trarigardis ilin.

-Nun vi estas libera. Ne forgesu, ni observas vin. Estu tre atentema.

Silikov turnis sin al Kalev kaj Mikov kaj ordonis al ili akompani Daniel-on al la elirejo de la policejo.

16.

Dako kuiris kafon, verŝis ĝin en la glason kaj sidiĝis antaŭ la televidilo. Kiam li estis hejme, li enuis, aŭskultis muzikon, spektis televidon. Kutime Dako pasigis la tagojn hejme, ne promenadis, ne vizitis teatrojn, koncertojn. Li gapis la televidilon kaj liaj pensoj ŝvebis sencele.

Delonge li planis ekskursi eksterlanden, deziris viziti Italion, Francion, Hispanion, sed planis kaj nenion entreprenis. Ĉio estos tre facila. Li nur devis decidi kiam ekveturi, li havis sufiĉe da mono kaj povis permesi al si esti en diversaj urboj, restadi en luksaj hoteloj, ripozejoj kaj fari longan rondvojaĝon. "Nun estas novembro, post monato komenciĝos la vintro, malbona por ekskursoj, sed printempe mi nepre ekvojaĝos, meditis Dako. "Mi ne rapidos reveni kaj traveturos la tutan Eŭropon. Mi vidis Afganion kaj Irakon, sed Eŭropon mi ankoraŭ ne vidis."

Dako malrapide trinkis la kafon kaj revis pri la belega ekskurso, kiun li faros printempe. Li jam vidis sin en Vieno, Parizo, Romo. Certe la virinoj belas kaj mi nepre estos kun ili. Ili konstatos, ke ankaŭ eksterlandanoj povas ĝui ilin. En tiu ĉi momento eksonis la telefono, Dako prenis la aŭskultilon kaj aŭdis la voĉon de Riko.

-Ĉi-vespere ni spektos "Makbeton". Mi atendos vin je la dek-oka kaj duono ĉe nia kutima loko kaj donos al vi vian enirbileton.

-Bone – diris Dako.

Agrabla sento obsedis lin. Finfine Riko telefonis kaj certe donos al li la alian duonon de la mono pro la pafmortigo de la ĵurnalistino. Aŭ povas esti alia mendo pri pafmurdo kaj tio ĝojigis Dako-n, ĉar gajnos pli da mono. "Do, mi bone fartos eksterlande printempe, diris li, mi havos multe da mono kaj nenio ĝenos min."

Je la kvina horo Dako preparis sin por eliri. La parko en la loĝkvartalo "Progreso", kie li devis renkontiĝi kun Riko, ne estis proksime, sed Dako preferis veturi per aŭtobuso.

Jam vesperiĝis, kiam li eniris la parkon, kiu estis iom flanke de la domoj kaj preskaŭ neniam en ĝi estis homoj. Eble tial Riko elektis ĝin por la renkontiĝoj. Dako sidiĝis sur benkon kaj atendis. Ankoraŭ ne estis la dek-oka kaj duono. Li sciis kiam precize venos Riko. Antaŭe aperos liaj gardistoj kaj poste li.

Dako rimarkis, ke unu el la gardistoj, tiu ĉi kun ursa buŝego, venas al li. "Eble li deziras diri ion al mi, supozis Dako". La alta gardisto ekstaris antaŭ Dako kaj kiam li atendis, ke la gardisto diros ion, la gardisto eligis pistolon kaj pafis Dako-n en la bruston. Dako falis de la benko kiel sako da terpomoj. La pistolo havis silentigilon kaj la pafo preskaŭ ne aŭdiĝis. Antaŭ la ekpafo Dako nur tramurmuris: "Kial?"

La gardisto denove pafis, nun en lian kapon kaj diris:

-Ni plu ne bezonas vin - kaj li malproksimiĝis en la mallumo.

17.

Estis unu el la malmultaj vesperoj, kiam ĉiuj familianoj estis en la domo. Rita rapidis aranĝi la tablon por la vespermanĝo. Ŝi kuiris spagetojn kaj oni jam ekflaris la apetitan odoron. Pavel ege ŝatis spagetojn kaj manĝis ilin kun fromaĝo. La filo, Dobri, same ŝatis spagetojn, kaj nun patro kaj filo ne havis paciencon komenci la vespermanĝon.

Kiam Rita metis la telerojn sur la tablon, Pavel tuj gustumis la spagetojn kaj diris:

-Rita, hodiaŭ vi kuiris mirindajn spagetojn!

-Ne troigu – ekridetis ŝi. – Tio estas la plej simpla vespermanĝo, kiun oni tre rapide preparas. Se vi kuiros spagetojn, ili same estos mirindaj.

-Tamen nur vi scipovas kuiri tiajn bongustajn.
-Paĉjo – diris Dobri – al mi same tre plaĉas. Tre bongustaj ili estas.
-Bone, bone, dankon – diris Rita. – Baldaŭ vi ambaŭ kuiros kaj tiam mi havos eblecon pritaksi vian kuirartan majstrecon.
La poŝtelefono de Pavel sonoris. Li elprenis ĝin el la poŝo de sia jako.
-Halo.
Post minuto li diris:
-Bone. Tuj mi venos.
Pavel ekstaris kaj komencis prepari sin por foriri.
-Kio okazis? – demandis Rita.
-Denove murdo – diris Pavel.
-Ĉu denove virino?
-Ne. Nun viro.
-Ĉu ĵurnalisto?
-Oni ankoraŭ ne scias.
Li diris "ĝis revido" kaj foriris.

La aŭto haltis sur la strato ĉe la parko en la loĝkvartalo "Progreso". Silikov eliris kaj piedirante eniris la parkon. Proksime al la monumento de la soldatoj, pereintaj dum la Dua Mondmilito estis polica ĵipo, kies fortaj reflektoroj lumigis la lokon, kie kuŝis la murdito. Tie videblis kelkaj viroj, la anoj de la polica esplorgrupo. Silikov proksimiĝis al ili.
-Bonan vesperon – salutis li.
-Bonan vesperon, sinjoro komisaro – ĥore respondis la policanoj.
-Ĉu denove? – diris Silikov.
-Jes.
Li alrigardis la korpon de la murdito. Estis ĉirkaŭ tridek-kvin-jara viro, ne tre alta kun blua sporta jako, sen ĉapo, nigrahara.

-Kiu trovis lin kaj kiu telefonis al la polico? – demandis Silikov.

-Duopo, junulo kaj junulino, pasis tra la parko ĉirkaŭ la oka horo kaj rimarkis lin kuŝi ĉi tie, ĉe la benko. Unue ili opiniis, ke temas pri ebriulo aŭ senhejmulo, sed poste rimarkis, ke estas mortinta kaj tuj telefonis.

-Ĉu vi trovis ĉe li dokumentojn?

-La personan legitimilon. Lia nomo estas Dako Penev, tridek-ses-jara, loĝas en kvartalo "Malnova Muelejo".

-Ĉu li havis monujon?

-Jes – respondis Kalev. – Tamen ne estas multe da mono kaj verŝajne ne temas pri rabado.

-Vi diris, ke li loĝas en kvartalo "Malnova Muelejo", tre malproksime de ĉi tie. Strange, kion li faris en tiu ĉi parko – diris Silikov.

-Verŝajne li renkontis iun ĉi tie – supozis serĝento Mikov.

-La murdo tre similas al la murdo de Maria Kirilova – rimarkis Kalev. – La murdisto unue pafis al lia brusto kaj poste al la kapo. Verŝajne la pistolo havis silentigilon.

-Do, ni kontrolos ĉion. Kiu li estas, kie li loĝis, kia estas lia profesio, kiuj estas liaj parencoj, konatoj kaj tiel plu – diris Silikov. – Morgaŭ ni komencos la esplorojn.

La sekvan tagon en la kabineto de Silikov denove estis ĉiuj anoj de la polica esplorgrupo. Antaŭ Silikov, sur la skribotablo, estis la raporto, farita de serĝento Kalev.

-Kion ni jam scias pri la pafmurdita Dako Penev? – komencis Silikov. – La plej gravaj informoj por ni estas, ke li naskiĝis kaj loĝis en la provinca urbo Poplo. Nur de kvar jaroj li loĝas ĉi tie. Dum tri jaroj li soldatservis en Afganio kaj Irako. Post la eksiĝo el la armeo ne estas klare kio estis lia laboro kaj kiel vivtenis sin. Li loĝas en kvartalo "Malnova Muelejo", ne havas edzinon kaj infanojn. Hodiaŭ la serĝentoj Kalev kaj Mikov veturos al Poplo por renkontiĝi kaj paroli kun liaj gepatroj. Same pri tiu ĉi murdo estas multaj demandoj. Kiu murdis lin, kial kaj ĉu estas motivoj. Do, kolegoj, kolektu ĉiujn detalajn informojn pri li de la armeo. Ni eksciu kia soldato li estis.

18.

La novembraj matenoj jam estis pli kaj pli malvarmaj. Senteblis la proksimiĝanta vintro. La tagoj - mallongaj, la matenoj mallumaj. Densaj neboloj kiel grizaj toloj kovris la urbon. Sur la stratoj la homoj estis kiel misteraj siluetoj, kiuj malrapide aperis kaj malaperis en la nebulo. La lumoj de la aŭtaj reflektoroj tiel flavis kvazaŭ en la densa nebulo gvatis lupaj okuloj.

La serĝentoj Mikov kaj Kalev revenis de la urbo Poplo, kie ili estis ĉe la gepatroj de Dako Penev. Ambaŭ estis en la kabineto de Silikov kaj konversaciis.

-Kion vi eksciis de la gepatroj de Dako Penev? – demandis Silikov.

-Ili diris, ke Dako jam tri jarojn ne estis ĉe ili kaj ili ne sciis ĉu li estas en la lando aŭ eksterlande, supozis, ke li estas eksterlande. Okazis, ke Dako estas adoptita infano. Iam oni adoptis lin de iu orfejo kaj ne scias kiuj estas liaj veraj gepatroj. La patro de Dako diris, ke kiam estis infano, Dako estis tre petolema, violenta, malbona lernanto, pigra, ne laborema. De Afganio kaj Irako Dako kelkfoje sendis monon al la gepatroj, sed poste tute forgesis ilin. La patro menciis, ke delonge certis, ke tia estos la sorto de Dako, "li ĉiam ludis per fajro" tiel diris la patro. "Jam de la infaneco Dako enmiksiĝis en danĝeraj aferoj." La gepatroj ne konas liajn konatojn aŭ amikojn kaj ne scias ĉu Dako entute havis amikojn. Do, ili ne multe helpis nin – diris Kalev.

Silikov, kiu atente aŭskultis lin, komencis trafoliumi iun dosieron, kiu estis sur la skribotablo, poste levis kapon kaj alrigardis la serĝentojn.

-Kaj kion oni diris en la armeo pri Dako Penev? – demandis Silikov.

-De la armeo ni eksciis pli da detaloj pri li – diris Mikov. – Same tie Dako ne kondutis bone, estis kruda al la soldatoj kaj al la estroj, ne obeema, kutimis drinki, ebriiĝis kaj iel kontrabandis alkoholaĵon, kiun li vendis al la soldatoj. Pro tio oni eksigis lin el la armeo.

-Kiam li revenis de Irako, kion li laboris? – demandis Silikov.

-Verŝajne nenion. Ne estas klare kiel li vivtenis sin. Certe li okupiĝis pri iaj neleĝaj negocoj, eble narkotaĵoj... - supozis Kalev.

-Do, ni devas traserĉi lian domon – diris Silikov. – Kaj ni faru tion tuj, antaŭ iuj aliaj.

La loĝkvartalo "Malnova Muelejo" estis ĉe la piedoj de montaro Siringo. En la pasinteco ĝi ne estis urba kvartalo, sed vilaĝo. En ĝi estis granda muelejo, kiu tre bone muelis la grenon kaj ĉi tien venis vilaĝanoj el malproksimaj vilaĝoj per ĉevalaj kaj bubalaj ĉaroj. La posedanto de la muelejo nomiĝis Dimo, vidvo, kiu havis tre belan filinon Biljana. Radan, junulo el malproksima vilaĝo enamiĝis en Biljana kaj tre ofte venis en la muelejon. Biljana kaj Radan kaŝe renkontiĝis kaj ilia amo estis arda kiel flamo. Foje Radan ekstaris antaŭ la maljuna muelisto kaj diris al li, ke deziras edzinigi lian filinon. La muelisto tamen ne konsentis. Radan loĝis malproksime kaj estis tre malriĉa. La muelisto estis riĉa kaj deziris edzinigi Biljanan al riĉulo. Ĉagrenita Radan foriris kaj ne plu venis en la muelejon. Biljana ne povis vivi kun la malpermeso de la patro, la malaperon de Radan kaj ĵetis sin en la riveron ĉe la muelejo. Post ŝia morto la muelejo ekbruliĝis. Neniu sciis ĉu iu bruligis ĝin aŭ ĉu la incendio okazis hazarde. Oni diris, ke la arda amo inter Radan kaj Biljana ekbruligis la muelejon. Tiel la muelejo malaperis, sed de tiam oni nomis la lokon, kie ĝi troviĝis, "Malnova Muelejo". Iuj nomis la riveron ĉe la muelejo "La Larmoj de Biljana".

Polica aŭto haltis antaŭ la domo de Dako. El la aŭto eliris Silikov, Kalev kaj Mikov. Ili trapasis la korton, en kiu estis flave farbita duetaĝa domo, simila al montodomo kun iom pli akra tegmento. Mikov portis la ŝlosilojn, kiujn oni trovis en la poŝo de Dako, kaj senprobleme malŝlosis la pordon. La triopo eniris en vestiblon kaj de tie en vastan ĉambron, verŝajne – la gastoĉambro. Silikov tuj rimarkis, ke ĝi estas tre bone meblita, kun multekostaj fremdlandaj mebloj, modernaj foteloj, vitra tablo, granda televidilo "Filips", komputilo...

-Dako Penev estis riĉulo – diris Silikov. – Ni devas ĉion detale trarigardi. Ja, estas klare, ke li ne laboris, sed havis multe da mono.

La serĝentoj Kalev kaj Mikov komencis traserĉi komodojn, ŝrankojn, tirkestojn... En la vestoŝranko Kalev trovis kartonan skatolon kaj en ĝi tri pistolojn. Kalev tuj rimarkis, ke per unu el la pistoloj antaŭnelonge estis pafita.

-Do ĉio estas klare – diris Silikov. – Mi jam konjektas kio estis la okupo de Dako Penev.

El unu el la tirkestoj Mikov elprenis koverton kun granda monsumo. La bankbiletoj estis tute novaj.

-Do, tre verŝajne Dako Penev estas la persono, kiun ni serĉas. Certe li pafmurdis Maria-n Kirilova-n – konkludis Silikov.

-Tamen kial oni murdis lin? – demandis Mikov.

-Por kaŝi la spurojn. Oni ne bezonis plu lin kaj tiel facile liberigis sin de li – konkludis Silikov.

La policanoj diligente kaj atente kolektis la materialajn pruvojn. En la laboratorio de la polico oni detale esploris la pistolojn, kiuj estis trovitaj en la loĝejo de Dako kaj konstatis, ke per unu el ili estis mortpafita Maria Kirilova.

-Jam ne estas dubo, ke per tiu ĉi pistolo Dako Penev murdis Maria-n – diris Silikov al Mikov kaj Kalev, rigardante atente la pistolon. – Nun ni devas trovi tiujn, kiuj mendis al Dako la murdon. Certe temas pri personoj, kies tasko estas tio. Bedaŭrinde Dako Penev ne povas direkti nin al ili. Tamen ni ne forgesu, ke eble Slava Angelova estas ilia sekva celfiguro. Do, ni devas tre atenti pri ŝi – avertis Silikov la serĝentojn. – Nun nia laboro estos pli respondeca. Ni ne permesu al la murdistoj mortigi Slava-n kaj ni nepre kaptu ilin.

-Ni faros ĉion eblan – diris Kalev.

-Nun pri Slava Angelova zorgas niaj kolegoj – diris Mikov.

-Do, morgaŭ ni daŭrigos nian laboron – diris Silikov. – Mi deziras al vi trankvilan vesperon.

-Ĝis revido – diris la serĝentoj kaj foriris.

19.

Estis la dudek-tria horo vespere. Daniel Donev rapidis reveni hejmen. Estis malvarme, blovis malvarmeta vento kaj li provis kaŝi la kapon en la kolumo de la jako. Ĉi-vespere Daniel estis ege kontenta, eĉ feliĉa. Li sukcesis vendi kvin dozojn da heroino. Kutime li vendis la narkotaĵon en la nova loĝkvartalo "Progreso", en kiu estis pluraj multetaĝaj domoj. La homoj en tiu ĉi kvartalo ne estis riĉaj, iuj el ili delonge ne laboris kaj ne povis trovi laboron, sed iliaj gefiloj estis narkotuloj kaj jam ne povis vivi sen narkotaĵoj. Ili ŝtelis, vendis la ŝtelitajn aĵojn por aĉeti narkotaĵojn. Daniel bone konis ilin kaj regule vendis al ili narkotaĵojn. Ĉi-vespere la vendado estis tre sukcesa.

Jam de kelkaj jaroj Daniel okupiĝis pri vendado de narkotaĵoj. Antaŭe li estis krupiero en kazino "Bonŝanco", sed konstatis, ke pli multe gajnos, vendante narkotaĵojn kaj dum kelkaj jaroj li iĝis unu el la plej spertaj narkotaĵodistribuantoj. Jam de la kazino li bone konis la narkotaĵobaronojn, kiuj donis al li eblecon distribui narkotaĵojn. Daniel ne nur sukcese vendis ilin, sed li bonege ekkonis la tutan organizon, sciis kiel oni liveras la narkotaĵojn, kiuj okupiĝas pri la distribuado kaj kiuj estras la negocojn.

La plej grandaj narkotaĵobaronoj estimis lin, ĉar dank' al Daniel la vendado de la narkotaĵoj disvastiĝis. Daniel mem ne uzis narkotaĵojn kaj neniam li provis ilin. Por li sufiĉis nur vendi. Neniam antaŭe li supozis, ke iam li okupiĝos pri distribuado de narkotaĵoj kaj neniam li esperis, ke havos multe da mono.

Li naskiĝis kaj loĝis en malgranda provinca urbo. Liaj gepatroj estis laboristoj, la patro – seruristo kaj la patrino – kudristino. Daniel tamen ne deziris esti laboristo. Li ĉiam revis loĝi en granda urbo kaj havi multe da mono, bonan loĝejon, modernan aŭton. Tial li venis en la grandan urbon kaj komencis labori en kazino "Bonŝanco", kie li konatiĝis kun multaj riĉuloj kaj deziris esti kiel ili. Daniel bone sciis, ke pluraj el ili iĝis riĉaj malhoneste per trompoj kaj ŝteloj. Li same pretis per trompoj kaj aferaĉoj iĝi riĉa.

Kiam Daniel komencis vendi narkotaĵojn, li iĝis tre kontenta, ĉar komprenis, ke tio estas la plej rapida kaj facila vojo al la riĉeco. Li planis kelkajn jarojn okupiĝi pri la distribuado de narkotaĵoj kaj kiam estos gajninta sufiĉe da mono, veturos eksterlanden kaj loĝos en bela lando, ĉu en Hispanio, ĉu en Portugalio aŭ ie sur Karibaj Insuloj.

Daniel rapide trapasis straton "Oktobro", eniris la domon, kie loĝis kaj ekiris al la dua etaĝo. Li malŝlosis la pordon, eniris la vestiblon, demetis la jakon kaj la ŝuojn, malfermis la pordon de la ĉambro kaj stuporiĝis. En la ĉambro estis Riko kun siaj du gardistoj. Daniel tiel surpriziĝis, ke sonon ne povis prononci.

-Eniru! – diris Riko.

Li time enpaŝis la ĉambron.

-Sidiĝu! – ordonis Riko kaj montris al la fotelo ĉe la pordo.

Daniel sidiĝis tremanta. Li tre bone konis Riko-n kaj liajn gardistojn jam de la kazino. Tiam Riko ofte venis en la kazinon kaj multe ludis.

Nun Riko insiste rigardis lin kaj Daniel sentis sian buŝon paralizita. Li deziris demandi Riko-n kiel ili eniris en la loĝejon, sed bone sciis, ke por Riko kaj liaj gardistoj ne estas io malebla. Ja, ili spertis malfermi ne nur loĝejojn, sed metalajn trezorejojn.

-Bonan vesperon – diris Riko kaj ekridetis sardone. Liaj bluaj vitrecaj okuloj ekbrilis minace. – Delonge ni ne vidis unu la alian – daŭrigis Riko.

Daniel daŭre silentis. Ĉe Riko sidis la du gardistoj. La unua grandega kiel urso, la alia – simila al ŝakalo.

-Ni eksciis tre interesan detalon pri via agado – diris Riko. – Vi iĝis informanto de ĵurnalistino Slava Angelova kaj dank' al vi ŝi jam ĉion scias pri narkotaĵonegoco.

Daniel tuj deziris diri, ke tio ne estas vero, sed Riko severe fiksrigardis lin.

-Ni ĉion scias. Kion vi opinias, ke ni estas idiotoj kaj ne scias kun kiu vi renkontiĝas kaj kiun vi informas. Ne pensu, ke vi estas pli saĝa ol ni.

La du gardistoj brue ekridaĉis.

-Vi mortpafos Slava-n Angelova-n kaj fermos ŝian buŝon! – diris Riko.

-Ne! – ekkriis Daniel. – Mi ne povas pafi!

-Nun vi lernos! – eksiblis Riko. – Vi tion perfekte faros, ĉar vi bone konas ŝin kaj kiam vi proksimiĝos al ŝi, ŝi ne supozos, ke vi pafmortigos ŝin.

-Ne!

-Ne diru "ne", ĉar tuj mi pafmortigos vin. Vi estas sola ĉi tie kaj dum semajnoj neniu komprenos, ke vi mortis. Vi bone scias, ke mi ne ŝercas. Vi konas miajn amikojn, ĉu ne? – kaj Riko montris la gardistojn. – Se vi deziras vivi, vi devas mortpafi Slava-n Angelova-n.

Daniel sentis, ke ne plu havas fortojn, sangon kaj pro timo li nur kapjesis.

-Ja, vi ricevos sufiĉe da mono. Mi scias, ke vi karambolis kaj nun vi ne havas aŭton, vi ricevos multekostan novan aŭton – diris Riko kaj okulsignis al la gardistoj, kiuj sidis ĉe li. - Kaj ne provu diri al iu pri nia konversacio, ĉar tuj vi ekveturos al alia mondo. Ni telefonos al vi kiam ni denove renkontiĝos por doni al vi pistolon kaj kiam, kaj kie vi pafmurdos Slava-n Angelova-n – aldonis Riko.

Riko kaj la gardistoj ekstaris kaj eliris el la loĝejo. Daniel kiel ŝtonigita restis en la fotelo, ne povante eĉ ekmoviĝi. "Ne, mi ne estas pafmurdisto. Mi ne povas murdi homon. Mi preferas morti ol murdi iun." La tutan nokton Daniel ne enlitiĝis kaj ne dormis. Li vagis en la ĉambro kiel sovaĝa besto, fermata en kaĝo.

Kiam mateniĝis li tuj eliris el la loĝejo kaj ekiris al la polico por rakonti ĉion.

20.

Silikov sidis ĉe la tablo en la kuirejo kun Rita kaj trinkis la matenan kafon. Li ne deziris, sed nevole pensis pri la laboro. Jes, li fermis ankoraŭ unu paĝon el sia agado. Oni arestis Riko-n kaj liajn gardistojn. Delonge Silikov supozis pri la ekzisto de tiu ĉi bando, sed ĝis nun ne eblis kapti ilin. Nun la polico sukcesis kaj ĉio estas klara: kiu pafmurdis Maria-n Kirilovan, kial, kial oni deziris pafmurdi Slava-n Angelova-n. Bedaŭrinde kiel Silikov supozis, ili kaptis la plenumantojn, sed ne tiujn, kiuj ordonis.

La narkotaĵonegoco ekzistis kaj ekzistos. Ĝi daŭre ebligos multe da mono al iuj, sed bedaŭrinde pri la gejunuloj, kiuj dependiĝos de la narkotaĵoj.

Sofio, la 29-an de decembro 2017.

Pri la aŭtoro

Julian Modest naskiĝis en Sofio en 1952. Li estas unu el la plej aktivaj nuntempaj Esperanto-verkistoj. Liaj rakontoj, eseoj kaj artikoloj aperis en diversaj revuoj "Hungara Vivo", "Budapeŝta Informilo', "Literatura Foiro", Fonto", "Monato", "Beletra Almanako", "La Ondo de Esperanto", "Zagreba Esperantisto" kaj aliaj.

Li estas aŭtoro de la Esperantaj libroj:

- "Ni vivos!" – dokumenta dramo pri Lidia Zamenhof
- "La Ora Pozidono" – romano
- "Maja pluvo" – romano
- "D-ro Braun vivas en ni" – dramo
- "Mistera lumo" – novelaro
- "Beletraj eseoj" – esearo
- "Sonĝe vagi" – novelaro
- "Invento de l'jarcento" – komedioj
- "Literaturaj konfesoj" – esearo
- "La fermita konko" – novelaro
- "Bela sonĝo" – novelaro
- "Mara Stelo" – novelaro
- "La viro el la pasinteco" – novelaro

Krome li verkis plurajn bulgarlingvajn librojn. De 1999 li estas ĉefredaktoro de la revuo "Bulgara Esperantisto".